U0028798

哥布林殺手

GOBLIN SLAYER!

He does not let anyone roll the dice.

哥布林殺手

GOBLIN SLAYER!

He does not let anyone roll the dice.

14
蝸牛くも
Kumo Kagyu
插畫／神奈月昇
哥布林殺手
GOBLIN SLAYER!
anyone roll the dice.

©Noboru Kannatuki

哥布林殺手

人物介紹

CHARACTER PROFILE

——保護、治癒、淨化。『地母神的箴言』

女神官 Priestess

與哥布林殺手組隊的少女。因心地善良，常被哥布林殺手魯莽的行動耍得團團轉。

——換言之，我等於是對他們而言的哥布林。

哥布林殺手 Goblin Slayer

在邊境小鎮活動的怪人冒險者。單靠討伐哥布林就升上銀等（位列第三階）的罕見存在。

——沒有筆也沒有紙，又怎麼有辦法冒險？

櫃檯小姐 Guild Girl

在冒險者公會工作的女性。總是被率先擊退哥布林的哥布林殺手所助。

——無論何時，對她而言最重要的，都是天氣、家畜、農作物，還有他。

牧牛妹 Cow Girl

在哥布林殺手所寄宿的牧場工作的少女。也是哥布林殺手的青梅竹馬。

——無知的人才有福。因為知道就是極致的喜悅。『妖精格言』

妖精弓手 High Elf Archer

與哥布林殺手一起冒險的妖精少女。擔任獵兵（Ranger）職務的神射手。

© Noboru Kannatuki

「鍛鍊自己，揮刀屠戮。會出血的就不是敵手。」──鋼的祕密之一端

重戰士 Heavy Warrior

隸屬於邊境之鎮冒險者公會的銀等級冒險者。和女騎士等人一同組成邊境最棒的團隊。

──龍是不會逃避的。

蜥蜴僧侶 Lizard Priest

與哥布林殺手一起冒險的蜥蜴人僧侶。

──無論寶石還是金屬，琢磨前都是石塊。這世上沒有一個礦人，會用外表來判斷事物。

礦人道士 Dwarf Shaman

與哥布林殺手一起冒險的礦人術師。

「愛並非對望，而是並肩望向同一個去處。」──某位詩人

劍之聖女 Sword Maiden

水之都的至高神神殿大主教，同時也是過去和魔神王一戰的金等級冒險者。

我不想讓值得尊敬的敵手，變成明天的朋友。至少今天還不行。

長槍手 Lancer

隸屬邊境小鎮冒險者公會的銀等級冒險者。

──神秘與愛，愈透過舌尖編織就愈鬆散，更不用說是女性之美了。

魔女 Sorceress

隸屬邊境小鎮冒險者公會的銀等級冒險者。

失去財寶　血脈斷絕
自身的生命也終將走到盡頭
唯有戰功
親手掌握的最為尊貴之物
永不消逝

第1章 「要將心譬喻為何物呢」

「歐爾克博格怪怪的？」

「歐爾克……呃，嗯。對呀。」

牧牛妹為那聽過好幾次都還是不習慣的暱稱感到些許困惑，點點頭。

上午的酒館——冒險者已經離開，也沒有客人，店內靜寂無聲。

哼了一聲，連拿著菜葉的模樣都美麗如畫的上森人(High Elf)，在這種狀況下也無法吸引目光。

觀眾只有牧牛妹、女神官，以及假裝在輕鬆打掃，其實是在休息的獸人女侍。

比起聽她們之間的對話，她的尖耳似乎更專注在沐浴陽光下。

所以，女神官面色凝重地用湯匙喝了一口湯，點頭回答：

「果然是從迷宮探險競技結束後開始的……？」

「好像是。」

——如我所料。

牧牛妹嘆息出聲。不是只屬於自己的細微變化，同團隊(Party)的她也發現了。

情況有點嚴重——或者說。

——該高興他變得圓滑了一些……

會忍不住有這種想法，搞不好自己其實也病得不輕。

「歐爾克博格怪怪的，又不是一天兩天的事。」

妖精弓手(Elf)晃動長耳，嚼著蔬菜，滿不在乎地說。

對於不死(Immortal)的種族來說，壽命有限之人(Mortal)的情緒變化，大概沒什麼好在意的。

或者說，連那些微的情緒波動，搞不好都被她視為人類的一部分看待。

因此——該這麼說嗎？妖精弓手豎起手指，在空中畫了個圓，展露微笑。

「哥布林、哥布林、哥布林。現在遠離了那東西一點，反而該高興不是？」

「可以高興嗎？」

「那當然！」

牧牛妹以僵硬的動作歪過頭，妖精弓手毫不猶豫地肯定。

自己短短一瞬間前抱持的煩惱，這個人不費吹灰之力就解決了。

牧牛妹覺得她十分耀眼，微微瞇起眼睛。

「那，嗯。我會高興的……然後——」

「該怎麼辦，對不對？」

女神官接著說。

她一下不雅地含住湯匙，一下用手指把玩它，陷入思考。

「但我們又不知道原因。不對，也有人會沒來由地情緒低落。」

「是不是太忙了？」

或許是菜葉吃膩了，妖精弓手叼著切成細絲的紅蘿蔔說道。

最近愛吃菜的長耳同伴有所增加，她似乎很開心。

可是先不說那位兔人，另一名森人（Elf）吃蔬菜的表情好像有點奇怪……

——肯定是怕生！

妖精弓手完全沒有放在心上。沒有比時間更好的解決方式。

「我想想。神酒事件、去沙漠、三個大男人一起出去不知道幹麼、迷宮探險競技對吧？」

她扳起手指計算，的確，他去了許多地方，做了許多事。

不如說——大多是與剿滅哥布林無關的事件。

「一定是因為對小鬼殺手（歐爾克博格）而言，負擔太重了。」

「他願意幫忙做那麼多事……我挺開心的。」

「那要請他好好休息……嗎？」

「他願意一直待在牧場（我家），我也很開心，不過——」

牧牛妹說了一遍同樣的話，露出苦笑。

身為知道他夢想的人，牧牛妹忍不住心想「開心歸開心，這跟那是兩回事」。

因為心力交瘁的人一旦找到一個地方穩穩坐下，想必會再也站不起來。

雖然他肯定會繼續行走，一想到那個可能性，就覺得——

「——有時候也會有點反感。」

「這樣呀。」

看來女神官並不瞭解這樣的心情，她一臉疑惑。

牧牛妹苦笑著說「別放在心上」，揮揮手。

「總而言之，我想問問看能不能幫他做些什麼，才來找妳們商量。」

「唔唔唔……」

「很簡單呀。」

輕描淡寫地開口的，同樣是妖精弓手。

「不用想那麼複雜吧。」

「是嗎？」

「身體累了就休息，心累了就去做愉快的事。就這樣。」

「噢。」

納悶的女神官聽見接下來這句話，也像想通了什麼般點點頭。

「說得也是。如果逞強或亂來就能解決問題也就算了，事情可沒那麼簡單。」

她正經八百地說出自己曾經聽過的話，牧牛妹輕笑出聲。

然而，女神官好像在為她的行為感到不解——噢，嗯。

今天並非——沒錯，雖然絕對沒有發生令人不快的事，但今天並非心情愉快的日子。

待在牧場也無心工作，可是又沒心情到鎮上做些什麼。

於是，她像要逃避似地拿諮詢煩惱當理由——當然，她想找她們商量是真的——邀請兩人共進午餐。

儘管她連在心中都沒有勇氣稱呼她們為朋友。

——光是能跟她們見面聊天，這頓飯就值得了。

「也就是說。」

妖精弓手美麗的聲音脫口而出，彷彿看穿了牧牛妹的想法。

從神代起血統就一脈相傳的上森人，拿著吃到一半的紅蘿蔔，臉上浮現朝陽般的笑容。

「帶他去冒險就行。」

§

「所以，這次要去哪冒險？」

「……」

哥布林殺手低聲沉吟。

「我嗎？」

「還有其他客人嗎？」

狹窄的工房中，從窗邊灑落的一小束陽光，將白色灰塵照得發出淡淡的光芒。

平常會賣力地幫忙當助手的學徒現在也不在。

不曉得是出去跑腿，還是出去吃午餐。

其他人是如何度過每一天的，哥布林殺手無從想像。

因此他思考了一下，把該補充的商品收進雜物袋。

上午，下午。這時間差不多該動身了，不能在這邊待太久。

他從錢包裡拿出金幣放在櫃檯，鐵盔微微左右搖晃。

「沒什麼特別的。」

他一如往常，用淡漠的語氣咕噥道，接著又判斷話講得不夠清楚，補上一句：

「剿滅哥布林吧。」

「這樣啊。」

工房老闆興致缺缺地哼氣，以手撐頰。

他低頭看著發出微光的金幣，卻沒有伸手拿起來，而是將視線移到鐵盔上。

「跟平常沒什麼兩樣。」

「嗯。」

鐵盔晃動，哥布林殺手點了下頭。

正是如此，他也沒打算改變。

哥布林很弱。

再怎麼幫他們說話，小鬼都僅僅是最弱的怪物、不值一提的威脅。

若要論小鬼的危險性，不管規模多大，頂多只會關乎一個村落的存亡。

和龍、魔神、巨人、闇人(Dark Elf)根本不能比。

前往「死之迷宮(Dungeon of the Dead)」，前往雪山，前往沙漠，與龍對峙，擔任迷宮探險競技的監督官。

世上充滿他所想不到的威脅、危險及冒險。

再加上——對付哥布林是他的職責，因此他並無不滿。

這時，他因此想到一件事。

「那女孩現在過得如何。」

「誰？」

「帶著黑色縞瑪瑙（Black Onyx）的女孩。」

「噢……那傢伙啊。」

老闆撐著頰，百無聊賴地望向窗外在大太陽底下行走的人們，一臉想睡的樣子。

「她常來買油之類的東西。現在是這裡的熟客。」

賺不了幾個錢就是了。他冷淡地說，哥布林殺手回答「是嗎」。

老闆聞言，一隻眼睛狠狠瞪向哥布林殺手。

「希望不要被某人帶壞。」

「我買的都是必需品。」

「剿滅小鬼的必需品。」

老闆語帶不屑，深深嘆息，吃力地活動脖子和肩膀。

僵硬的關節喀喀作響，他將放在桌上的金幣掃進櫃檯內。

收下錢後，他看待哥布林殺手的眼神似乎變得比剛才溫和幾分。

或者該說——比他第一次踏進這家店的時候。

「你就沒打算去其他地方，或是有其他想去的地方嗎？」

「唔。」

他從來沒想過。是真的。

沒那個計畫。不，若有接到委託，或者有小鬼出現，倒是另當別論，但那稱不上計畫。

想去的地方——曾經有過那樣的地方嗎？

國外？沙漠。森人(Elf)的村落。古代遺跡。這些不全是作夢都想不到的場所嗎？

都去過那麼多地方了，哪還會有想去的——

「噢。」

前所未見的光景忽然浮現腦海。只有想像過，停留在夢想中的景色。

從小就在睡前故事中聽過無數次，但這一生肯定不會有機會造訪的地方。

「北方山峰的對面。」

§

「您說，山峰的對面？」

櫃檯小姐努力不讓興奮的心情反映在語氣上，最後決定放棄，發出輕快的聲音。

「對。」

上下晃動的鐵盔，在白天的城鎮、擁擠的人潮中顯得十分突兀。

穿戴骯髒的皮甲、廉價的鐵盔。手上綁著一面小圓盾，腰間掛著一把不長不短的劍。

舉辦迷宮探險競技時出現的閃亮又微弱的銀等級光芒，如今消失得無影無蹤。

這可不是該穿來赴約的打扮，好歹是要陪女性購物。

跟為了今天事先調整行程，提早下班，回家換了套衣服的自己站在一起——

——如果要問配不配，想必不配吧。

清新的白色襯衫和沾上暗紅色血漬的皮甲放在一起，肯定不好看。

仔細梳好，重新編過的頭髮，跟頭盔上快要斷掉的盔纓擺在一起，也顯得十分可笑。

然而，櫃檯小姐喜歡的他就是這副模樣，她對此沒有任何不滿。

「北方山峰的對面。位於荒蕪冷清的土地上，黑暗的夜之國。」

「——對。」

而他接下來說的這句話，又令櫃檯小姐忍不住微笑。

——沒聽過那位豪傑的故事，就別笑他是個大男人主義者（Machismo）。

許多人曾因他的事蹟激動不已，現在卻沒多少人記得的英雄傳奇。

北方的蠻人、掠奪者、海賊、傭兵、將軍，以及——王者。
制伏數不清的敵人，蹂躪金山銀山，腳踏大量王座的男子漢。
文明的燈火還只有小小一盞時，單憑一把鋼劍開闢世界的大英雄。
立志成為冒險者的少年，都該知道那名偉大男子的故事。
——這個人以前也是想當冒險者的男生呢。
櫃檯小姐覺得既可愛又溫馨，光是這樣就想抱緊他。
至於忍不忍得住——大概就是自己和他那位住在牧場的青梅竹馬之間的差別。
「嗯——」
櫃檯小姐享受著他的話語在腦中打轉的感覺，望向擺在攤販的裝飾品。
數條五顏六色的緞帶放在一起。哪條適合自己的頭髮呢？她挑了幾條。
「哥布林殺手先生喜歡哪一條？」
「……我嗎？」
「是的，就是您。」
問的不是適不適合，而是喜不喜歡，會不會太狡猾？
——不不不，這就叫戰術。
只有我在為他的事情煩惱，太不公平了。得讓他也為我的事情煩惱。
紅色。粉紅色。白色和黑色。深綠色和藍色。紫色好像也不錯。

他一面避免參雜秋天與冬天氣息的風將緞帶吹走，一面透過鐵盔觀察。

攤販的店長對他投以懷疑的目光，櫃檯小姐看都不看那邊一眼。

她沒心思管那些。

櫃檯小姐盯著粗糙的護手選擇的那條緞帶。

「我不懂顏色，不過——」

「白色嗎？」

「平常的緞帶是黃色，穿公會制服時是黑色對吧。我認為選相近的比較好。」

——啊啊，這人真的是！

膚淺到連自己都想笑的心臟，快要從胸口蹦出來了。

他竟然有在注視、注意平常的自己，並且記在腦中，以此為考量。

——可是。

櫃檯小姐設法控制住狂跳的心臟，故意嘛起嘴巴。

「我問的是您喜歡哪個顏色耶？」

「唔……」

他低聲沉吟，陷入沉默，思考過後說出一句簡短的話語。

「不討厭白色。」

「那今天就這樣放過您吧。」

櫃檯小姐咯咯輕笑，拿起他選的白色緞帶。

「就這條。」

哥布林殺手點頭，將銀幣扔給店長。櫃檯小姐覺得做事果斷是他的美德。

「謝謝您。」

她將緞帶緊緊抱在胸前，對他微笑。

「不過，北方呀……您還沒被派去雪山的另一邊過嗎？」

「對。」他點頭。「還沒。」

這個口吻彷彿在說「應該也不會有機會去」。

櫃檯小姐「哦」了一聲，噘起嘴巴。她覺得這個說法很狡猾。

「假如我說去得了，您會怎麼做？」

噠噠噠。她小跑步跑到他前面，轉過身。

眼角餘光瞥見綁成馬尾的頭髮像尾巴一樣於空中搖晃。

哥布林殺手一聲不吭，停下腳步——杵在原地。

在道路的正中央。來來往往的行人疑惑地看過來，避開他和她從旁邊經過。

那無言的壓力推了他一把，使他向前踏出一步。

「去得了嗎？」

「我問的是您想不想去喔？」

© Noboru Kannatuki

「……唔。」

他低聲沉吟。

再度陷入沉默，停下腳步。一眼就看得出他在沉思。

——不曉得他現在是什麼樣的表情。

在那頂鐵盔底下。是在期待嗎？是在開心嗎？

不，她跟這個人認識好幾年了。她知道他在想什麼。

同伴——他似乎還會猶豫是否該使用這個稱呼——跟牧場。

還有，肯定是哥布林。

數年來一直沒變。然而，也有不一樣的地方。

——他會為哥布林以外的事情思考了。

變化有好有壞。櫃檯小姐認為這是好的變化。

從未改變的人，正在試圖做出些許的改變。

——當然是好事囉？

不久後。

「……可能的話。」

他終於給出的答案，消極到跟積極兩字完全扯不上邊。

櫃檯小姐吸氣，吐氣，低下頭。無論要做出什麼樣的表情，都需要勇氣。

她下定決心向前跳出一步，伸手握住他粗糙的手。

「那麼，有一場最適合的冒險喔！」

——但願自己能維持住這抹笑容，直到午餐時間。

§

「北方吶……唔唔。」

隔天，蜥蜴僧侶(Lizardman)抖了下身子呻吟道。

冒險者公會，等候室的一角。五名冒險者坐在長椅上，面對那張委託書思考。

跟他們平常會看見的羊皮紙——也就是剿滅小鬼的委託截然不同。

綴有精細的裝飾，美麗的手寫字躍於紙上，連墨水看起來都是高級貨。

更重要的是，這張委託書大概原本就沒打算貼到布告欄上。上面連洞都沒開。

意即——

「是與銀等級相襯的委託！」

在想像著冰天雪地的蜥蜴僧侶旁邊，妖精弓手愉悅地擺動長耳，挺起平坦的胸膛。

「不錯嘛。歐爾克博格難得立了大功！」

「是嗎？」

鐵盔上下搖晃。上森人看了一臉得意，如同一個調皮的小孩。

「接下來啦，接下來。我絕對要去！」

「妳又不知道內容。」

礦人道士（Dwarf）無視連伸手指人的動作都顯得優雅的她，用肥胖的手指拎起委託書。

然後仔細看過上面的文字──

「要去北方邊境視察？」

「對。」

鐵盔再度上下搖晃。

「我也不清楚詳情，似乎是經過戰爭、和解、結盟……之前成為這個國家的領土的地區。」

「哦。」礦人道士驚訝地捻著鬍鬚。「原來有開戰啊。」

「國與國之間的大規模戰爭，現任國王上任後就沒再發生了。」

嗯。女神官豎起纖細的食指放在嘴唇上，望向天花板。她應該沒記錯。

「『死之迷宮』的事件後也是，因為魔神王出現了嘛。我想是那個時候。」

「就是因為那場戰爭的關係才會遭報應吧？」

妖精弓手語帶調侃，凡人（Hume）只能苦笑。

讓亡者和疾病覆蓋全國的可怕威脅，最後是與混沌軍勢的大戰。

若要說這是被欲望沖昏頭的凡人自己闖出的禍，凡人也無法否認。

——話雖如此。

女神官不懂該如何重建國力衰退的國家，但她知道這並不簡單。

她也知道這場視察、調查事關緊要，不得不做。然而——

「由我們負責沒問題嗎？」

女神官擔心的是這部分。

她稍微挪動臀部，伸長脖子，礦人道士說著「拿去」，將文件遞給她。

女神官向他道謝，閱讀其上的文字，字跡十分漂亮，單單這一點就跟平常的委託大相逕庭。

從她臉上卻看不出不安或缺乏自信之類的情緒。

即使多少有一些，也不至於反映在表情上。

有的是疑問及確認。彷彿在拿十英尺的木棒抵著迷宮的地面前進。

看見當事人絕對尚未察覺的成長，礦人道士愉快地哈哈大笑。

「哎，那些麻煩的政治事務，上頭應該會負責動腦就是了。」

只要不主動找碴，沒人是不能透過把酒言歡來互相理解的。

基於對礦人(Dwarf)而言乃理所當然的信念，礦人道士沒有絲毫不安，選擇接下這份工作。

哥布林殺手似乎也一樣，他伸出戴著皮護手的手，將手指放在文件上。

「聽說那邊之後也打算設置冒險者公會。」

「我懂了。是想在那之前讓咱們去看一下——不。」

咕嘟。礦人道士大口灌下掛在腰間的火酒，舔掉沾到鬍子的酒。

「應該是**想看看咱們**才對。」

「這種事我不清楚。」

不過，這名性情古怪的冒險者顯然也知道。

該弄懂的事就要弄懂（Need to Know）。恪守斥候（Scout）的基本守則的男人，不可能不去動腦。

畢竟這五個人可是奇模怪樣的戰士、異教的神官、礦人、森人、蜥蜴人（Lizardman）。

對北方居民來說，是相當奇妙的團隊（Party）——

——**吾等乃冒險者是也**。

貴為銀等級，對方八成也會期待他們拿出相應的風範。

嚙切丸這傢伙肯定也明白。礦人道士如此推測。

——這也算一種成長吧。

應該要加入才對。年輕人都拿出想要向前邁進的幹勁了，只有老人才會扯他後腿。

「雖然我不太想跟這個鐵砧意見相同，我也接了。」

「我也不想跟酒桶站在同一邊。」

「啊，我、我也要去！」

女神官將兩人鬥嘴的內容置若罔聞，急忙舉起纖細的手臂。

不曉得是沒必要打擾礦人和森人吵架，還是習慣了。

至少目前，她擔心地看著的人是——

「沒問題嗎？」

「唔……」

蜥蜴僧侶臉色鐵青——不，原本就是青色——垂下被鱗片覆蓋住的長脖子。

「哎，膽小之徒與龍無緣，貧僧別無選擇。不過——」

他深深嘆息，轉動眼珠子。

「北方山峰的另一側，想必十分寒冷。」

他感慨地說，這句話十分有感情。

看他如此悲壯，女神官忍住快要脫口而出的笑意。

因為眾人都很明白，對他來說寒冷是生死攸關的問題。

「要不要買件新外套？還有魔法裝備！」

態度這麼隨便的，當然是妖精弓手。

瞧她之前在雪山為氣溫之低抱怨得那麼厲害，結果還是沒什麼大礙，可見上森人多麼遠離俗世。

看她講得那麼開心，蜥蜴僧侶依然雙臂環胸呻吟著。

「不可過於依賴道具。身為立志成為可畏之龍的人——」

「就是因為這樣，才會冷到滅絕吧。」

「唔……」

所謂的無言以對正是在形容這個狀況。礦人道士也苦笑著說「別再欺負他了」。

因為這位蜥蜴人垂頭喪氣的模樣可不常見。

妖精弓手甚至在用手指戳鱗片玩，覺得看見稀奇的畫面。

礦人道士默默用眼神示意女神官「想點辦法」，女神官不知所措地開口。

「神授予我新的神蹟，說不定能改善一些情況……」

她一直在偷偷煩惱什麼時候要開口。

太自豪的話很像小孩子，可是擺出一副這很正常的態度，又過於傲慢。

而且機會難得，她想得到大家的稱讚——不，這種想法才幼稚。

「好厲害！」

妖精弓手明亮的聲音，一句話就驅散了女神官內心的糾結。

她的好奇心直指女神官，奔放如隨風飄舞的樹葉。

「咦，什麼時候？什麼時候的事？」

「之前的迷宮探險競技後……」

女神官靦腆地搔著臉頰，回答激動得探出上半身的忘年之交。

她既害羞又喜悅——決定不要故作謙虛，並且在為此努力。

最後說出口的話是「謝謝」，這麼做一定是正確的。

「我感覺到——地母神好像在呼喚我。」

於是她待在寺院裡淨身，好幾天以來都保持沉默，終於。

——終於？

浮現於心中的這個詞彙，是因為她不夠成熟，還是因為那是對常人來說難以實現的苦行？

——……是哪一個呢？

她不知道，所以很難拿出自信。到頭來，除了一步步前進外別無他法。

「總之，地母神授予我神蹟……所以我有種得到認同的感覺。」

「太好了，恭喜妳！」

有這麼一位會為她誠心感到喜悅的朋友，肯定很幸福。

她歡呼著抱過來，那苗條的身軀和森林的香氣，令女神官心跳加速。

她又道謝了一次，收下她的擁抱。

「……北方山峰對面的情況，我也只有聽別人說過。」

哥布林殺手緊盯著充滿活力的兩人，不久後開口說道。

他語氣嚴肅，想必一直在為這件事思考。

他轉頭面向蜥蜴僧侶，平靜地說：

「我想去看看，但我不會逼你同行。」

蜥蜴僧侶並未立刻回答。

一行人面面相覷，目光交會，由礦人道士率先開口。

「大家都聽見了。嚙切丸好像想去北方山峰對面，黑暗與深夜的土地。」

「聽這形容詞，感覺是個陰沉的地方。」妖精弓手像在唱歌似地說。

「不過既然他想去，那就沒辦法囉。」

兩人露出淺笑，跟調皮的小孩準備惡作劇時一樣。

女神官也懷著同樣的心情，盯著蜥蜴僧侶垂下來的長脖子的前端。

過了一會兒，那名蜥蜴人深深嘆息。

「……哎，別無他法。龍可不能逃避。」

「是嗎？」

「正是。」

蜥蜴僧侶冷靜地點頭，女神官摸著平坦的胸部，默默鬆了口氣。

——還是大家一起去。

比較好。

哥布林殺手，她尊敬、追隨的冒險者，確實有所改變。

逐漸不同，代表他正在一點一滴產生變化。

他成了迷宮探險競技的主人。

還主動提議要去冒險。

這次則說想去最北方的盡頭旅行。

如果實現這個願望，能多少回報他的恩情就好了——女神官心想。

但不只這樣。不可能只是這樣。

「大家一起去冒險，一定很愉快！」

聽見這句話，妖精弓手兩眼亮出星光。

「妳愈來愈懂囉。」

冒險就該如此。

§

然而。

「呃……我收到哪去了……？」

於冒險前陷入苦戰是常有的事，女神官搜遍位在公會二樓的房間。

畢竟沒有比未經準備的冒險更有勇無謀的事。

女神官藉由第一次的冒險，親身體會到了。

重蹈覆轍對當時的同伴也很失禮。

假如大家都在，現在他們肯定會共同歡笑，一面閒聊，一面為冒險做準備。

——是嗎？

這只是一種可能性。再怎麼想像，都僅僅是夢想罷了。

女神官搖搖頭，「嘿咻！」從櫃子深處拉出出遠門時用的背包。

「……嗯，果然有點灰塵……」

裝備這種東西，光是沒有使用、放在那邊就會老化。

只要別疏於保養即可——說起來簡單，要經常將所有裝備維持在最佳狀態可不容易。

——聽說習慣旅行的冒險者，會等要用到的時候再買，冒險結束就賣掉。

她覺得很浪費，所以關鍵時刻不得不花時間保養。

「希望不要被蟲蛀掉……」

從背包裡拿出的，是買來冬天穿的外套、長靴等各種裝備。

這些是之前升級審查時她鼓起幹勁購買的高級貨，因此她對這些東西也有了感情。

冬天過後就沒機會用到，只能收起來，如今又要輪到它們出馬了。

「要加油才行。」

女神官點了下頭，抱著整套裝備，放慢腳步以免打擾到別人，走出房間，下樓來到室外。

借冒險者公會後面照得到太陽的地方放吧。

外套、長靴、繩子、鉤子。冒險者套件也不能忘記。

不只冬天用的裝備，這次要出遠門，平常的裝備也該加以確認。

萬一扔出去的鉤子裂開來鬆掉，或是繩子斷了，那可不好玩。

雖然礦人道士應該會用法術幫忙控制墜落的速度──

──別大意、別猶豫、別用法術。

宿命及偶然通通是躲不掉的，但無時無刻都必須學會自立自強。

「總之先把道具拿出來晒──問題是衣服。」

光是把裝備全拿出來晒太陽，就會差很多，不過還是多用點心比較好。

她站起來走向事先知會過的廚房後門。

「喔，妳來啦。」

門一開，於門後迎接她的是帶著燦爛笑容的獸人女侍。

廚師在廚房裡手忙腳亂地跑來跑去，探頭窺探便能感覺到熱氣撲在臉上。

女神官繃緊聞到那股刺激食欲的香氣，快要流出口水的嘴角，低下頭。

「不好意思，謝謝妳。」

「沒關係沒關係。妳平常就常來光顧嘛，這點小事用不著客氣。」

獸人女侍對廚師長大喊「我離開一下——！」跑向爐子。

接著輕鬆舉起放在那邊，目測要兩隻手才抱得住的大鍋。

「好，走吧！搬到外面嗎？」

「啊，是的！」女神官瞪大眼睛了一瞬間，連忙點頭。「在這邊！」

她本來想說「我來幫忙」，或是想辦法自己搬過去，結果慢了人家一步。

獸人力氣都好大喔。她對此心知肚明，卻還是動不動就會嚇到。

女神官帶著朋友，借來靠在公會外牆上的公用大盆。

然後把它放在地上滾動，回到原處——

「嘿、咻……！」

「好，要倒囉——！」

她將大鍋裡冒著泡的液體，一口氣倒進地上的盆子。

混濁的灰色液體，是將灰燼煮沸製成的灰水。

© Noboru Kannatuki

聞到不同於料理香味的氣味，兩人看向對方，不禁失笑。

「話說回來，冒險者真辛苦。每次出遠門都要整理這麼多東西對吧？」

我可辦不到。獸人女侍仔細觀察地上的裝備。

鉤繩、楔子，於雪上行走時綁在鞋子上的防滑具等等，全是平常不容易看到的物品。

她彎腰盯著那些東西的模樣，宛如在攤販前面停下腳步的孩童。

女神官不經意地看著搖來搖去的尾巴，點了下頭。

「因為怕被蟲蛀。既然把東西收進去了，就得花時間保養。」

「跳蚤真的可怕。」

「蝨子也很討厭。」

兩位少女感慨地點頭。即使要花這麼多工夫，總比與蟲為伍來得好。

不想被蟲咬自不用說，重點在於她們是花樣年華的少女。

「貴族會塗在眼睛旁邊的那東西叫什麼？」

所以，話題必然會偏往那個方向。

獸人女侍用長有肉球的手沿著眼周描繪，女神官點了下頭，應聲附和。

「眉墨？據說把紅色或其他顏色的孔雀石敲碎，跟白粉混在一起，好像也能除蟲。」

「聽起來很貴……」

「八成很貴。我可沒那個錢。」

無論是身為獸人的她，還是身為神職人員的她，都跟那東西無緣。會嚮往，卻得不到。

而且做菜的時候容易流汗，不適合用，冒險時肯定也會花掉。

——雖然我聽說獸人不太會流汗。

可是一碰到熱氣就會暈開、溶化，兩人無奈地相視而笑。

「那我該回去了。」

「啊，好的……謝謝妳！」

女神官將銀幣遞給毛茸茸的手，向她道謝。

幫忙煮灰水也需要花時間，當然得付工資給人家。

她目送朋友回去工作，吁出一口氣。

「……好！」

女神官脫掉長靴和襪子，綁好衣服的下襬，捲起袖子打起幹勁。

然後把拿出來的冬服丟進盆裡的灰水。

接著只要用赤裸的雙腳踩乾淨衣服即可。

「嗯……」

還在冒煙的灰水很溫暖，僅僅是把悶出汗的腳尖泡進去，舒適的溫度就逐漸擴散至全身。

不過，她的雙腿啪唰啪唰地不停踩著，根本沒時間泡腳。

「嘿咻……嘿咻……」

——是不是該連大家的份一起洗？

是嗎？團隊（Party）的同伴不知道有沒有把冬天的裝備收起來。

熟練的冒險者，搞不好會在這部分多下點工夫。

——問問看哥布林殺手先生吧。

嗯。她邊踩邊點頭，抬頭瞄向公會二樓的其中一扇窗戶。

想到妖精弓手住的那間魔窟，先別說冬裝了——

——之後進去看看吧。

女神官懷著決心、使命感、悲壯的覺悟，英勇地點頭。

這時……

「嗚呃……」

「別因為沒有後輩在看就鬆懈下來……結果就算擺脫了下水道，還是會弄髒裝備呢。」

「哎呀，我是不太介意啦？」

她忽然聽見三個疲憊卻充滿活力的聲音。

轉頭一看——果然是三位朋友。

身穿便服的少年少女旁邊，有對晃來晃去的白色耳朵。

三人都抱著沾了血跡與泥巴的各種裝備——

「今天也是大勝利嗎？」

女神官揚起嘴角，對他們投以半是調侃，半是稱讚的話語。

「對啊，我的粉碎丸（Smasher）超厲害的……！」

他邊說邊做出空揮棍棒的動作，相當有模有樣。

女神官也知道，現在的他能將棍棒及長劍的二刀流用得爐火純青。

回想起來，他們真的長大了——這種高高在上的想法，無異於是在擺前輩架子。

「不好意思，我馬上弄完……」

她害羞地移開視線，再度望向腳邊，啪唰啪唰急忙踩起衣服。

脖子上掛著至高神聖印的少女，輕戳了下疑似被她的赤腳吸引過去的青梅竹馬，笑道：

「沒關係。還不都是因為這傢伙慢吞吞的，拖到時間。我們排隊就好。」

「哇，這些是冬裝耶。又要去山上了嗎？」

這次換成白兔少女蹦蹦跳著，跑來看她的行李及衣服。

這個畫面剛才也看過。女神官忍不住看著她上下擺動的長耳。

「要去山……」她的視線沿著彎下腰的白兔少女的耳朵、背部、屁股，以及在屁股上面搖晃的圓形尾巴移動。「……的另一邊。」

「哇……我沒去過那裡耶。妳又要去好遠的地方喔。」

她悠哉地說。從這句話判斷，她應該也不太清楚北方盡頭的情況。

這樣的話，期待說不定能獲得一些情報的渺小希望，終究只是希望嗎——

「因為我被人威脅過，那裡有可怕的五四，不可以靠近。」

「五四？……武士？」

「叫什麼哩？好像是『掠奪者』。所以沒人會去管那邊。是爺爺告訴我的。」

大概是很強的人吧。出乎意料的發言，使女神官眨了下眼。

爺爺說的。意思是很久以前囉？不過兔人的世代交替速度好像很快……？

「可惡，好好喔。我也想去去看那種地方……」

女神官獨自沉思，旁邊的少年感慨地仰望藍天。

「是那個對吧？劍之岸（Sword Coast）北方的長春之都（Neverwinter）（註1）……」

註1　龍與地下城Forgotten Realms的哏。

「不是那麼有名的地方……」

聽見源自於童話故事，已經被人遺忘的地名，女神官不禁苦笑。

畢竟那裡並非人跡未到之地——雖然是她從未涉足的土地。

「可是，聽說那名闇人獵兵(Ranger)也是在北方大顯身手喔？」

「那是敘事詩(saga)。」少女嗤之以鼻。「善良的闇人可沒那麼常見。」

「是呀……」

女神官也在收穫祭跟沙漠，之後因為神酒事件的關係和闇人見過面，然而——

——我認識的森人好像並不多……？

妖精弓手最近特別親近的那名女斥候，她也不認識。

善良的闇人。手持雙刀的能幹獵兵是傳說中的人物，也就是——童話故事。

沒錯，因為是有資格被流傳下去的英雄，才能踏進那樣的地區。

然而，她即將前往的並非那種地方——應該。也有可能只是她不知道。

「我們去的話只會在冰風之谷(Icewind Dale)遭到恐怖(Horror)的襲擊，一命嗚呼。」

無罪的天真願望，在現實的一句話面前只能舉白旗投降。

「不過，接受國家的委託去調查邊境，不是金等級的冒險嗎？」

而那句現實的話語，銳利得足以令女神官停止動作。

盆子裡的水啪唰一聲濺起，她維持光腳踩著衣服的姿勢，僵在原地。

「沒、沒有啦……」她的聲音在顫抖。「我覺得……沒那回事……喔？」

她不是沒注意到。正因為注意到了，才去避免思考。

至少自己不同。她是團隊（Party）的一員，很努力，力量卻還差強人意。

女神官做了個深呼吸，靜下心來，默默繼續踩起衣服。

「但妳是藍寶石。」

「對耶——？」

「嗚嗚……」

朋友卻沒有要放過她的跡象，女神官始終抬不起頭。

她知道兩人正在竊笑，所以再怎麼呻吟也毫無勝算。

「啊，對了。」

兔人少女依然不會察言觀色，拍了下被毛皮覆蓋住的手。

「這樣的話，可以拜託大姊一件工作咩？」

「工作……？」

她邊踩衣服邊抬頭，白耳前後搖晃。

「嗯，信和東西。信我已經寫好了，想請妳幫我送到山上。」

「信……還可以理解，妳說的東西是？」

她沒有意見，不如說樂意答應，不過究竟要送什麼呢？

女神官面露疑惑，白兔獵兵「嘿嘿嘿」靦腆地笑著在包袱中摸索。

旁邊的少年少女好像也心情不錯，到底是——

「這個啦，這個……！」

少女驕傲地拿出巨大的巨人牙齒。

§

「……又要出遠門嗎？」

「是的。」哥布林殺手點頭給予模稜兩可的回答。「預計。」

「是嗎？」

坐在他對面的牧場主人簡短、簡潔地回應，吐出一口氣。

牧場主屋的食堂。

離傍晚還有段時間，稱之為下午又太晚的時刻。

哥布林殺手從鎮上回來，在遇見青梅竹馬前先看到了牧場主人。

他似乎剛做完農活，坐在椅子上休息。

哥布林殺手拉開椅子坐下，他也只回了句「回來啦」。

態度一如往常，因此哥布林殺手才有點煩惱。

該怎麼說？不對，他想說什麼？

哥布林殺手自己都無法判斷，最後告訴他的是自己又接了一件新工作。

結果——

「我也沒資格多說什麼。」

他乾脆地說。

哥布林殺手在鐵盔底下猶豫該如何理解這句話，低聲沉吟。

牧場主人大概是沒發現。他瞥了他一眼。

「那是你的工作。男人的工作。對別人的工作說三道四叫不負責任。」

「……是嗎？」

「對。」牧場主人靜靜點頭。「你就自己管好自己，認真做事吧。」

「……好的。」

「不過，記得告訴那孩子。」

「我會的。」

「我想也是。」

牧場主人微微一笑，慢慢起身。

由於他是自耕農（Yeoman），他的腳步至今依然又穩又踏實。

從他的背影卻隱約看得出歲月的痕跡，有點憔悴。

他就這樣走進主屋裡面，留下哥布林殺手一個人。
累積在自己心中的感情的種類，他從未瞭解過。
能做的唯有思考。
——那女孩。
這個時間，她應該在把牛送回牛舍，或者照顧駱駝。
無論如何都該去找她，告訴她。會隨時間改善的情況並不多。
哥布林殺手喀噠一聲從椅子上站起來。
他再度走出主屋時，聽見身後傳來金絲雀的鳴叫聲。
他反手關上門，隔絕掉那個聲音，吐氣。
世界是暗紅色的，暮色深沉。天氣已經變冷了。
一吐氣，從鐵盔縫隙間傳出的呼吸就染成白色飄向上空。
——啊啊。
已經一年過去了。從那女孩被捲入剿滅小鬼的事件起。
這一年來，自己前進了多少？
他的目光追隨白煙望向天空，黑夜中透出一抹青色，看見閃爍不停的白色星光。
雲朵之上，繁星之下，一隻雀鷹正在其中的縫隙間翱翔。

為那位大賢人的故事雀躍不已的時期，究竟是多久之前呢？
好像是聽姊姊說的，也好像是聽吟遊詩人唱的。
從小聽到大，在腦中想像過無數次的故事，全部失去色彩，逐漸斑駁。
去過森人的村落。造訪王都。潛入死之迷宮。踏遍東方的沙漠。
而這次——要前往北方山峰對面。
想去看看。本以為不會有那個機會。從小到大，他都這麼認為。
他明白，自己的人生會在那座小村落中走到盡頭。
他可曾想像過，竟然會演變成這種情況？
而那——
「咦……？」
你回來啦。青梅竹馬正從對面走過來，白色吐息遮住了她的笑容。
「歡迎回來。」她的語氣感覺不到工作結束後的疲憊。
「嗯。」他點頭。「我回來了。」
兩人並未立刻回到主屋。
他們任黃昏的夕陽把影子照得長長的，沉默片刻，同時邁步而出。
目的地是圍住牧場的柵欄。
牧牛妹靠著柵欄坐到上面，跟很久很久以前，在其他地方做過的行為一樣。

小時候明明能輕易跳上去，為什麼長大就辦不到了？

「為什麼呢？」

「不知道。」

哥布林殺手搖頭。他真的不知道。

小時候總是覺得大人無所不能，不過——

——到底能做到什麼。

每當看見沉入地平線另一端，四方世界盡頭的夕陽，都會有這種想法。

完全想不到數個月前，自己去過那麼遙遠的地方——

——不，太陽是沉入西方。

方向相反。迷糊的大腦使他的臉頰在鐵盔底下抽動，聲音似乎也發得出來了。

「之後，又要出遠門。」

「冒險？」

「好像是。」

他點頭回應她由下往上看的視線，再度望向地平線。

他曾經去過那座高塔的頂端，彷彿稍微接觸到了四方世界盡頭的一角。

但那又如何？這不代表他解開了四方世界的一切。

再說，又不是他自己的冒險。

這次是自己的冒險。雖然他對於要以冒險稱之，仍然抱持著強烈的猶豫及排斥感。

「北方山峰的，另一邊。」

「哦……」

青梅竹馬只是輕聲說道，雙腿於空中擺動。

她突然轉頭看他，紅髮被夕陽照得像在熊熊燃燒。

有如寶石的眼眸，透過頭盔的面罩直盯著他。

他不知道筆直凝視她的雙眼多少次了，明明他根本沒有那個勇氣。

「你希望我再跟你說『可以去』嗎？」

「……」

她果斷地踏進來。這也——不知道是從何時開始的。

小時候好像就是這樣……重逢後，好像也是這樣。

她比任何人都還要瞭解他，包括他自己在內。

不可能有事情瞞得過她，他也不想這麼做。

「對。」他老實點頭。因固執己見而後悔的經驗，一次就夠了。「真難堪。」

「是啊……」

她沒有否認。

她的臉上浮現苦笑，又說了一遍「是啊」。

「難堪又難搞，說不定一點都不帥。」

「……」

「不過，嗯，我挺喜歡的。喜歡你。」

哥布林殺手深深吐氣，彷彿要重新開始呼吸。

「……是嗎？」

「對呀。」

青梅竹馬輕易踢飛了什麼東西，從柵欄上跳下來，跟以往的舉動一樣。

她輕輕站到他身旁，隔著粗糙的皮護手牽起他的手。

轉頭一看，她的視線近在面罩差一點就要撞到額頭的距離。

「路上小心。這樣可以嗎？」

「……」

眼睛好近。呼吸感覺會吹進鐵盔裡面。臉好紅。

「……我覺得，可以。」

「好！」

她露出跟即將西沉的夕陽成反比，如同燦爛朝陽的笑容點頭說道：

「別忘了土產。我會期待的——麻煩帶動物以外的東西。」

「土產嗎？」

「哎，在那之前得先吃晚餐。啊哈哈，順序都亂掉了。」

她已經走向主屋，手依然拉著他。

哥布林殺手穩穩向前踏出一步，以免落後。

第2章 『越過迷霧山脈』

Over The Misty Mountain

「慢走慢走，路上小心！」

被親切的兔族婦人送走後過了三天。小鬼殺手一行人身在暴風雪的正中央。

更正確地說，是身在風雪大作的岩山，巖壁上的狹窄山路上。

山路窄到他們必須貼著岩石行走。風很大，分不清是暴風雪還是傾盆大雨。

一行人拖著步伐行走，沒有看下面，前方卻也因為風雪的關係一片模糊。

氣溫低到彷彿一吐氣就會結凍，不曉得是錯覺抑或現實。

——一不小心就會死耶……!?

女神官忍不住這麼想，其他人的心情八成也差不多。

畢竟這條路比起山路，更接近狹窄的懸崖，下面是深不見底的岩壁。

雖然不至於垂直，光是會給人這種感覺，就知道坡度有多陡。

一旦墜落，岩石、雪與冰會削去肉身，生命及身軀不曉得能存活多久。

害怕摔下去的恐懼令人裹足不前，不過一邁出步伐，雙腿就停不下來了。

女神官現在才知道，這種時候會覺得停止前進反而會掉下去。

「沒事吧——？」

妖精弓手（Elf）用附耳套的帽子罩住整顆頭，聲音細不可聞。

女神官設法驅散想念兔族婦人用心製作的料理的強烈心情。

「我、我沒事……！」

不知道她有沒有聽見。不，肯定有。那位她珍愛的朋友可是上森人（High Elf）。

她像踩著樹梢行走一樣，於山路上前進，女神官看見她用力揮了下手。

「後面的人呢——？掉下去了嗎——？」

「並沒有……！嘿，長鱗片的，加把勁啊……！」

「唔姆……！」

接著是礦人道士（Dwarf）和蜥蜴僧侶（Lizardman）的聲音從背後傳來。

礦人道士支撐著變得跟一團羽毛差不多的蜥蜴僧侶。

他說「如此一來，父祖也不會有異議」，買了那件外套。

鮮豔的羽毛遮風擋雪，阻隔水氣，從旁看來挺溫暖的，不過——

「這……著實抵不住吶……！」

形似一隻纏在岩山上的蜈蚣的狹窄道路，跟蜥蜴僧侶的身軀一比顯得更加渺小。

他可以用利爪勾著岩壁，不怕掉下去，無奈氣溫實在太低。

即使礦人道士備有溫石輔助，肯定還是很難熬。

蜥蜴僧侶辛苦前進的模樣確實滑稽，但比起嘲笑，擔憂的心情更加強烈。

不過，女神官當然沒有那個心思顧慮同伴……

「喂，歐爾克博格，我知道都走到這了才講這個很奇怪，果然有點勉強吧？」

「我有聽說這裡地勢險惡，果真如此。」

——帶頭走在前方的兩人，為何如此熟練……？

這條狹窄的道路，旁邊連繩子都沒拉。走歪幾步就會頭下腳上墜入地底。

走歪那幾步的機率應該不高就是了……

哥布林殺手穿著疑似牧場主人讓給他的外套，若無其事地前進。

身為走得氣喘吁吁的人，女神官忍不住用既羨慕又怨恨的眼神看著他。

當然，她很清楚那是因為他擁有擔任斥候（Scout）及獵兵（Ranger）的經驗。

放眼望去，世界由白色、黑色、灰色構成，兩耳只聽得見呼嘯的風聲。

山果然不是適合人類居住的地方。

「難道沒地方可以休息一下嗎？」

「聽說不遠處有座洞窟。」

「兩位聽見了嗎！」

「喔——」

女神官向身後的兩人大叫。聽見礦人道士的回應，鬆了口氣。

——加油吧……！

會下意識握緊拳頭是她一直以來的習慣，她發現自己快要失去平衡，急忙貼在岩壁上。

錫杖背在背上，就算跌倒也不至於立刻掉下懸崖，但她還是會擔心。

——要是不小心把杖弄掉。

想必再也拿不回來。這個事實令她十分害怕。

眾人繼續緩慢前進，哥布林殺手卻沒有要停下來的跡象。

他扶著牆壁，抓著岩石，向前邁步，沒有一絲猶豫，果斷地前進。

可是當然無法跟彷彿在踩著石頭過河的上森人比。

妖精弓手忽然輕聲感嘆「你挺厲害的嘛」。

「歐爾克博格，雖然我早就知道，這方面的技術你是不是也學過不少？」

「算是。」

他準確地找到下一個立足點，一步步前進，似乎承認得不太甘願。

哥布林殺手停下腳步，輕輕拭去沾到外套的髒汙，補充道：

「不過，很多人比我做得更好。」

「例如？」

「人稱忍者的人的逸事，多得數不清。」

哥布林殺手忽然陷入沉默，低聲沉吟，然後像想起什麼似的，接著說：

「師父跟我說過，有位攀登的高手不用救生索也不使用道具，就能憑一己之力(Free Solo)登上斷崖絕壁。」

「掉下去會死吧。」

「當然會死。」鐵盔上下搖晃。「所以我做不到。」

「真不知道該講什麼。」

妖精弓手的語氣和她說的話一樣無奈。

「除了這麼做的人，試圖嘗試的你也很誇張。」

「是嗎？」

凡人(Hume)擁有的力量中，有我所想像不到的。他一副置身事外的態度咕噥道，悶不吭聲地前進。

女神官拚命試圖跟上，這段對話大部分都沒聽清楚。

不，她這麼拚命的原因不僅如此。

她看著前方走路，悄悄望向後方，詢問剩下兩位同伴「還好嗎」。

上次待在隊伍中央是第一次冒險時——是擁有不愉快的回憶的位置。

與此同時，能看清整個團隊(Party)的狀況，留意周遭的，也只有她所在的這個位置。

這也是她經常負責的工作——

——因為大家把這個任務託付給我了。

思及此，心裡就湧起不同於自信，反而更接近自負的情緒。

「可是，還有其他路可以走吧？」

雖然這條路好像是最快的，妖精弓手隨口說道。

在這陣暴風雪中，依然能聽見上森人如歌般的聲音，真不可思議。

「為什麼要選這條？」

哥布林殺手沒有立刻回答。

這名奇妙又乖僻的冒險者，跟平常一樣默默動手動腳，持續前進，引導眾人。

幸好他在妖精弓手失去耐性前，看見坐落於斷崖處的黑暗洞窟時開口說道。

「我想走走看。」

女神官隱約察覺到這次的冒險八成全程都會是這種感覺，重新做好覺悟。

§

洞窟的記號，是一雙淺黃綠色長靴。

埋在雪中的某人的腳，就這樣留在原地。

分不清是在登山途中還是下山途中——推測是曾經抵達這裡的冒險者。

女神官靜靜向地母神祈禱那名陌生人能得到安息。

在這種地方，不管是要扛著一個人上山還是下山，都會危及到眾人的性命。

因此——他才會一直在這裡迎接許多冒險者，再為他們送行吧。

「老師說，這一帶是岩巨人用來打架的地方。」

「沒遇到還真可惜。」

哥布林殺手慢慢放下背上的行李，旁邊的妖精弓手吐出舌頭。

她雖然語帶嘲諷，那樣的景象即使是上森人，一生也未必能看見一次。

既然如此，說覺得可惜或許有一半是真心話——回歸正題。

明明剛受過風雪的摧殘，妖精弓手只是拍掉身上的雪，就恢復原本的美貌。

由此可見，上森人果然和壽命有限（Mortal）的凡人是不同等級的生物。

女神官脫掉溼透的外套，以免結凍，邊擰乾外套邊觀察眾人。

哥布林殺手慎重拍掉外套上的髒汙，仔細疊好，看著洞窟深處。

這樣的話，該擔心的是——

「你、你沒事吧……？」

「唔……」蜥蜴僧侶連說出這麼一個字的聲音都很緩慢，脫掉羽毛外套。「還行，還行。」

「來，脫了外套先喝一杯。不暖暖身子會出人命喔，認真的。」

「感謝。」

蜥蜴僧侶接過礦人道士扔過來的酒葫蘆，用瑟瑟發抖的手拔掉塞子。

這段期間，女神官撿起吹進洞窟的枝葉，想要生火——

「……溼掉了。」

正常的。

即使沒有樹枝、樹葉，也有苔癬之類的東西，到處都找得到燃料。

它們卻通通被雪弄溼，充滿溼氣。完全不能拿來生火或助燃。

該怎麼辦呢——

以前的她，光這麼點小事應該就會灰心喪志，女神官卻豎起食指抵著嘴脣，思考起來。

「嗯…………？」

這時，大概是聽見了她的自言自語。

原本在注意洞窟深處的哥布林殺手轉過頭。

「有火把嗎？」

「啊，有的。」

當然有。女神官點頭。冒險者套件，出門時別忘記帶。

「火把就算有點受潮也點得燃。用它烘乾。」

「啊。」

這樣啊，原來如此。女神官雙手一拍。原來這麼簡單。

只要知道解決方法，剩下就是平常在做的事。

順利準備好生火，將點燃的火把放上去，邊燒邊烘乾火種。

當了這麼多年的冒險者，這點小事易如反掌，火焰的溫度及亮光令人心情平靜。

不知道是誰鬆了口氣後，哥布林殺手點頭說道：

「即使沒有火把，有樹就行。樹不管有沒有受潮，都容易燒起來。」

「竟敢在森人（Elf）面前提到燒樹，膽子挺大的嘛？」

妖精弓手脫掉手套，按摩四肢及耳朵，噘起嘴狠狠瞪向他。

活人的身體受寒也會凍傷，也會腐爛。

女神官覺得之前在雪山受到威脅的回憶令人懷念，效法她揉起身體。

這次她也有記得帶乾淨的衣物，來換掉被汗水濡溼的襪子。

「……唔唔唔。真對不住，那個。」

開口的是蜥蜴僧侶，其他人自然而然把離火最近的位置讓給他。

就算穿著羽毛外套，仍舊是蜥蜴人（Lizardman），會這麼怕冷也是無可奈何。

儘管如此，他依然對於選擇這條路走毫無怨言，這部分也很符合蜥蜴人的個性。

「能否請神官小姐施展啟程前提及的神蹟？」

「啊，好的！」女神官點點頭。「等衣服烘乾，我馬上用！」

「在那之前，妳們也喝口酒唄。」

礦人道士咧嘴一笑，拿起蜥蜴僧侶還給他的酒葫蘆搖晃。

「火酒是好東西。只要舔一口，整個身體都會暖起來。」

「喝那種東西頭會爆炸啦。」

妖精弓手嘴上這麼說，還是乖乖接過葫蘆，舔了一小口。

她像吃到辣椒一樣，板起臉吐出舌頭，吐氣。

「來，妳也喝。」

「謝、謝謝……」

女神官緊張地從因酒精而臉頰泛紅的妖精弓手手中接過葫蘆。

團隊（Party）成員都知道這位上森人酒量不好，她的美貌卻並未受到影響，或許是種族的原因。

女神官無時無刻都會為她的每一個小動作看得出神。

「歐爾克博格呢？你要嗎？」

「我——」他沉默片刻，簡短說道。「也喝一口。」

雪、水、汗。水分會導致身體失溫得更嚴重，奪走體力，到了室外還會結凍，更加寒冷。

既然如此，保暖、換衣服、按摩四肢在攀登雪山時可以說非常重要。

故事書和敘事詩，不常描寫英雄們做這些事的時候。

在故事之中，他們會以與平常無異的模樣，展開與平常無異的冒險。

英雄不會被雪絆倒，不會辛辛苦苦地撿木柴生火。

假如沒成為冒險者，女神官八成也不會知道。

「……是不是用繩子把大家綁在一起走路比較好？」

「視時間及場合而定。」

「若貧僧一個踉蹌，諸位都會跟著墜入奈落深淵……」

「礦人(Dwarf)掉下去也一樣，所以危險度是兩倍呢。」

「……對上森人而言，每個人都叫重啦。」

烘乾衣服及裝備，做好準備，因火辣的火酒鬆了口氣後。

「那麼，那個，我試試看。」

女神官靜靜起身，錫杖上的金屬環發出清脆的碰撞聲。

她做了個深呼吸，雙手握緊錫杖，將意識送往遙遠的天上。

連接靈魂。這是在祈禱，也是在伏地祈求，僅僅是為了將敬愛之情傳達到。

「『慈悲為懷的地母神呀，請以您的御手，潔淨這塊土地』……」

正因如此，才會發生神蹟。

不是為了回報神蹟而祈禱，神蹟也不是為了回報信仰而存在。

地母神目不可視的溫柔手指，撫上岩窟的深處，帶來一股令人放鬆的暖意。

從洞窟入口吹進的風雪，如今都被那位神明的手隔絕在外。

正是「聖域（Sanctuary）」的神蹟。

「喔、喔喔……唔，感激不盡……！」

蜥蜴僧侶都恢復能用尾巴拍打岩石的活力了，可見十分有效。

「若不是侍奉於父祖，貧僧或許會信仰地母神。」

「然後做起司嗎？好吧，挺適合你的。」

身為與地母神同源的自然化身，妖精弓手愉悅地咯咯大笑。

她伸長四肢，悠閒地瞇起眼睛，彷彿這裡是自己的房間。

「神明的神蹟呀。我看過好幾次了，真的很不可思議。也不是真的有聽見聲音對吧？」

「是啊，畢竟精靈跟神明不同。」

「我也不知道該怎麼說明。」

礦人道士附和道，女神官臉上浮現靦腆的笑容，平坦的臀部坐到岩石上。

事實上，有能力用言語說明的——唯有深得神明喜愛，德高望重的僧侶吧。

不，或者說那樣的人更不會明言神的存在。

無論如何，還不夠成熟的女神官不可能做得到……

「漂亮。」身邊傳來這樣一句話。「能用來防禦嗎？」

「它跟『聖壁（Protecion）』不同。」

面對哥布林殺手實際的問題，她最多也只能做到害羞地回答。

「比起防禦……更接近請地母神守護、潔淨……嗯……」

「總之是好東西就對了。」

妖精弓手已經從行囊裡拿出乾糧，似乎打算填飽肚子。

雪山行軍會消耗體力。休息很重要——就算是上森人。

她甩著用來包烤餅乾的葉子，如同姊姊在教育弟弟，對他說教。

「你對可貴的事物抱持的謝意不夠喔，歐爾克博格。」

「唔。」

鐵盔應了聲，陷入沉默，不久後老實地點頭。

「的確，值得感謝。」

沒錯。看見小鬼殺手點頭，妖精弓手「很好！」開心地吃起東西。

森人的烤餅乾。女神官也一口就愛上了。要她開口請對方分自己吃，實在——

——太難為情……

在聊到這種話題的時候，更何況是剛祈禱完，還在感覺天上的餘香呢。

女神官忍不住嘆氣。眼巴巴地看著餅乾，簡直是小孩子。

礦人道士自不用說，蜥蜴僧侶也興奮地拿出起司，大喊「甘露！」一口咬下。

——我也得吃些什麼。

就在她把手伸向行李之時——叼著餅乾的妖精弓手和她四目相交。

「要粗嗎？」

「……好的。」

女神官感覺到地母神肯定在微笑，害臊地垂下目光。

於是，一行人慢慢享用了稱不上豪華卻豐盛的一餐，以及和樂融融的時光。

嚼著肉乾及硬麵包，撈雪扔進手提鍋裡燒水，喝下大碗的熱湯。

現在又不是在剿滅小鬼。

也不是在趕時間。

而是要跨越高聳的岩山、起霧下雪的山脈，通往北方的旅程。

前往從未涉足的地方、從未見過的土地，這是場冒險。

旅行所需的是停下腳步，連一場陣雨都能樂在其中，放慢步調——

唱這首歌的不曉得是赫赫有名的盜賊，還是名聞遐邇的術師。

無論是何者，女神官覺得這句話說得很對。

「不過看這天氣，要繼續前進有點難度吧？」

妖精弓手拿了片坐在身旁的蜥蜴僧侶烤好的起司。

「嗚呼（啊啊）……！」

然後吃著起司，將森人的烤餅乾塞給放聲哀嘆的他。

「拿去沾起司很好吃喔，大概。」

「竟然……！」

——嗯，這不是在吵架。

蜥蜴僧侶喜孜孜地折斷烤餅乾，拿去夾起司，女神官只是看了他一眼，挺直背脊。

「也是可以等雪變小……但不知道要等多久。」

山上的天氣捉摸不定。

不如說，山果然不是人類的領域，本身就跟異界沒兩樣。

山這種地方對任何人都是平等的，絕不留情。

能通過的道路、能吃的食物、水源等所有的東西——都只存在於該在的地方。

想平安下山，只能靠知識、經驗、技術，以及宿命與偶然。

不能期待山會幫助裡面的活人。

——這是地母神的教誨。

總覺得……有點能理解。女神官最近這麼想的頻率增加了。

只要當成是在沙漠中被有色之死襲擊的時候即可。

大自然殘酷無情。女神官重新體會到地母神的教誨。

「食物和水都有，就算被困住幾天，應該也下得了山……」

「撤退是很有勇氣沒錯，不過從冒險者的角度來看，真想攻略這座山呢。」

妖精弓手拿出銀等級的矜持，揚起薄唇，一副理所當然的態度。

機伶與聰明。膽小與慎重。兩者似是而非，界線卻模糊不清。

講一堆大道理，論述危險性，不踏上冒險之旅，誰都做得到。

明知有風險還選擇接受挑戰，並成功歸來才叫冒險，才叫冒險者。

「不能逞強、亂來、貿然行事就是了。」

「那還用說，連自由騎士都改掉了這三大原則耶。」

而正因為清楚這一點，這位忘年之交才會這麼有本事。

她朝她眨了下眼，女神官點頭回答「對呀」，哥布林殺手「唔」了聲。

「既然如此，該換條路走。」

「要在這一帶換路線的話……」礦人道士大口喝酒。「……噢，就是這裡啊。」

「知道嗎？」

「我是礦人嘛。那麼久以前的事，你知道我還比較驚訝。」

「老師……師父告訴我的。」

原來如此。礦人道士似乎這樣就解除了內心的疑惑，女神官和妖精弓手卻面面相覷。

正在專心取暖和吃起司的蜥蜴僧侶暫且不提，妖精弓手擺動長耳。

「怎樣？有捷徑嗎？」

「有。」

哥布林殺手點頭。

「裡面有地下道。」

§

那個地方給人一種老舊、瀰漫霉味、隨著時間遭到遺忘的感覺。

洞窟最深處有道疑似用大刀劈開的裂縫，底下是通往下方的狹窄道路。

沒錯，看似自然形成的裂縫，底下確實有條道路。

有地方踩，有地方扶，進到愈深處，走得就愈順。

同時，通道分出了好幾條岔路，曲折蜿蜒，開始有點迷宮的模樣。

恐怕是——有人刻意修整天然的岩窟，在其中刻出道路。

火把模糊的光線照亮岩石，女神官覺得自己看見了工匠們的痕跡。

因此，她突然想起以前聽過的遙遠往昔的童話故事。

如今，聽過礦人們與圃人（Rare），或者凡人、森人、礦人、圃人的冒險故事的人也變少了。

更遑論從這座洞窟外面的北方出現的蠻人的英雄傳說——

「這附近是神代的戰場，也殘留著許多城址（Terrain）。」

礦人道士遲緩的聲音，打斷她的思緒。

不需要亮光的他走在隊伍最後方，仔細觀察岩壁，用手掌撫摸。

「有森人的堡壘，也有礦人的要塞（Dwarf Fortress）。若是礦人的堡壘——」

「自然會有地下道。」

妖精弓手接在他後面輕聲說道，一臉什麼都知道的樣子。

她也一樣不需要靠光線照亮黑暗。

因為森人的存在本身就跟星光一樣——出自詩人口中。

事實上，在女神官眼中，她的頭髮的確在黑暗中閃爍，真不可思議。

「好吧，我承認礦人只有挖洞厲害。畢竟輸給闇人（Dark Elf）挺討厭的。」

「我就收下妳的稱讚囉，除了比較對象是闇人那句話。」

礦人道士掃興地哼了聲，不過聽他的語氣，好像不是多令人不快的稱讚。

森人、礦人之間的爭執，以及跟闇人的糾葛，連小孩子都聽過，不過——

——只有本人知道更詳細的內容。

身為凡人的女神官，應該想都想不到吧。

她邊想邊拿著微弱的火，注意腳邊、牆壁、頭上。

——如果一個人被扔進這裡。

她一定會迷路，永遠逃不出去。根本記不清楚剛才走過哪些路。

這裡是礦人蓋的地下道，以凡人的體型卻僅僅是洞窟。

畢竟這裡寬度雖然足夠，高度實在太低了。

「比地上暖和許多吶。原來如此，難怪以乳為食的生物逃到了地底，倖免於難……」

就算這樣，對蜥蜴僧侶來說也遠比外頭舒適。

垂下長脖子慢慢在地下道中爬行的姿勢，乃徹頭徹尾的蜥蜴人。

「若父祖他們當時也選擇潛入地底，或許已建立起一、兩個可畏之龍的帝國。」

「若有時間，早知道去那座堡壘的時候，也找找看地下道。」

哥布林殺手說的，是女神官認識千金劍士——女商人的那次冒險。

經他這麼一說，那座可怕的小鬼堡壘，也是礦人過去蓋的城堡。

——如果是晴天。

從山上看得見那座城塞嗎？還是被雪蓋住了？

「那招『隧道（Tunnel）』真的用得好。」

「甭客氣。與其謝我，那是精靈的力量。」

「搞出雪崩並不好就是了。」

女神官真心這麼認為，因此她噘起嘴巴叮嚀道。

哥布林殺手陷入沉默，妖精弓手輕笑出聲。她在笑，可是——

「那不重要，你應該知道要走哪條路吧？」

看來她擔心的是這個。

長耳不停抖動，或許是因為身在地下深處，連上森人的聽覺都會變遲鈍。

礦人道士似乎看見了這一幕，悠閒的聲音從女神官背後傳來。

「森人死之前大概出得去。」

「我才不要在這邊爬好幾千年。」

妖精弓手無力地甩手回答，接著又碎碎念了句「這玩笑一點都不好笑」。

「待在這種地方真的會變闇人，這裡剩下的只有奇怪的怪物對吧。」

「都過那麼久了，說不定會長根蘑菇出來。」

「礦人也算岩石的親戚嘛。」

一如往常的對話，熱鬧又令人心安。

像現在這樣進入地底時、潛入迷宮時，女神官無時無刻都會緊張。

從第一次冒險的時候起，一直——她甚至認為搞不好一輩子都不會變。

——儘管如此。

她覺得自己習慣了。會緊張，但習慣緊張了。

夥伴們在身邊大吵大鬧，不曉得有多大的幫助。

「哎，我剛才也說過，這裡是很久以前的戰場。所以若要有什麼東西——」

礦人道士話只講到一半，停下腳步。

冒險者團隊(Party)在狹窄、路線錯綜複雜、宛如蟻窩的地下道正中央，重整隊列。

以前的女神官可能會驚慌失措，開口提問。

但現在她明白。

後頸汗毛倒豎的感覺，心臟在小小的胸部底下跳動。

她重新握緊錫杖，凝視對面那片無盡的黑暗。

「若要有什麼東西。」

哥布林殺手從腰間拔出不長不短的劍。

「八成是餘黨。」

女神官感覺到，熟悉的氣息正從黑暗深處逼近。

「GOOROGGBB……!!」

——那些傢伙要來了。

§

「為什麼這種地方會有哥布林！」

妖精弓手的抗議劃破黑暗，將大腦連同頭蓋骨一起貫穿，傳達給小鬼。

連慘叫聲都沒發出，仰倒在地的同胞，對哥布林而言等同於路邊的小石子。

「GOROGB!!」

「GBBG！GROGB!!」

即使勉強剩下一口氣，被其他小鬼又踢又踩，終究只有死路一條。

「跟歐爾克博格一起去冒險，大部分都會變成這樣，我要你負責！」

「與我無關。」

哥布林殺手冷淡地回答，從正面衝進哥布林群之中。

「GOROG!?」

他先是將身體連同盾牌一起撞上去，擋住其中一隻，迅速反手握住長劍，向左揮下。

「這樣就二！」

「GRGGOOB!?」

企圖從同伴旁邊跑過去的一隻哥布林，喉嚨被從旁割斷，口吐血沫。

哥布林殺手轉動刀刃，確實殺掉他，同時抬腳踩爛小鬼的胯下。

「GBBORGB!?」

「這樣就三。」

柔軟噁心卻痛快的觸感。小鬼向後翻了一圈，摔在地上痛得掙扎。

哥布林殺手如同一臺機器，將拔出來的刀刃刺進去，殺掉。

一轉眼（回合）就殺了三隻。

負責衝鋒陷陣的蠢貨們立刻斷了氣，使後面幾隻哥布林有點不知所措，愣在原地。

「GOROGG……!?」

「GORG！GOBBGRRGB!!」

——體格不錯。

面對互相推擠，爭先恐後的小鬼，哥布林殺手沉吟道。

哥布林的高度通常只到凡人的腰部，眼前這些傢伙卻高達胸部。

四肢也很粗。雖然只是跟平常遇到的小鬼相比——

——不過，不成問題。

大隻歸大隻，依然遠遠不及大哥布林。

更重要的是，心驚膽顫地尋找可乘之機的眼神，正是只會耍小聰明的小鬼。

那就沒問題。哥布林殺手舉起手中的劍，扔出去。

「GBBBORGB!?」

「四，數量不明——殺出去。走哪條路？」

「來囉！」礦人道士大叫。「跑到下一條岔路時往右！」

冒險者們沒等喉嚨長出一把劍的小鬼斷氣，就飛奔而出。

箭矢襲向因遭受突擊而驚慌失措的小鬼們，前衛拔出屍體上的劍，衝上前方。

見一隻砍一隻，女神官從小鬼身上跳過去，蜥蜴僧侶確實了斷他們的性命。

接下來只要聽從礦人戰士的指示，投身於通往地底的深淵即可——

「GORGGBB!!」

「GBBG！GBOGGB!!」

「追上來了。」

妖精弓手在火把朦朧的燈光中奔跑，大氣都不喘一下，不悅地擺動長耳。

敵人正好停止追擊，這麼好的事並不常見。

小鬼刺耳的破口大罵聲及腳步聲從四面八方傳來，於複雜如蟻窩的地下道內迴盪。

對這個團隊(Party)來說早就習以為常。

「數量十……不，更少一點。不到二十。聲音會產生回音，有點不好判斷。」

「不是大哥布林……吧？」

女神官喘著氣持續奔跑，臉上同樣看不出緊張的情緒。

她謹慎地戒備周遭，卻不覺得恐懼或害怕。

妖精弓手往她身上瞄了一眼，忍住笑意，以免被她發現。

剿滅小鬼雖然極度令人不快，看見凡人的成長，她發自內心感到喜悅。

「不是嗎？」

「他們是比一般的哥布林大一點沒錯……但還不到那個程度。」

女神官邊跑邊做出稍微瞥向肩膀的動作。

在之前的冒險，她的嫩肉被咬下一塊——這段記憶想必深深烙印在她的腦海。

——那隻哥布林挺大的。

沒造成心靈創傷就好。妖精弓手忘記自己當時也吃了很大的苦頭，點頭心想。

「哎……也只是有點麻煩啦。」

「歸根究柢，僅僅是貧僧等人擅自為其區分種類罷了。」

「沒有明確的差距……嗎？」

哥布林殺手回應蜥蜴僧侶，將平常就很簡潔的話語縮減得更短。

因為他們忽然從狹長的道路來到寬敞的洞窟。

那裡——該如何形容呢？

眼前的景象慘烈到無法以礦人部落的廢墟稱之。

出自深得鍛冶神恩寵的工匠之手，美得令人嘆息的建築蕩然無存。

即將崩解，不留原形的屋子上，腐朽的木材胡亂拼湊在一起，相互交疊。

通道錯綜複雜，互相支撐，彷彿隨時都會倒塌。

若將貧民窟硬塞進地窖，亂搖一通，大概就會變成這樣。

在妖精弓手眼中，那東西看起來像奇怪的——某種生物的家，讓人聯想到蟻塚。

——破屋的國王。

那東西糟蹋了——儘管她不太想承認——地上鮮少有人能與其相較的礦人城塞。

假如沒有那群小鬼礙事，就能慢慢——對森人來說僅僅是一瞬間——參觀了吧。

「城鎮嗎？」

「不如說是堡壘的居住區。」

然而，哥布林殺手停下腳步，並不是為了參觀。

礦人道士一面調整呼吸，一面忿忿不平地啐道，喝酒轉換心情。

「與魔神交戰時，每個人都以城塞為枕，戰死在沙場上，混沌的軍勢闖入其中……」

「隨著物換星移，那些傢伙也放棄此地，抑或遭到驅逐。依貧僧所見，八成是這麼一回事……」

或者也有可能發生過以這座廢墟為舞臺的冒險。

聽見蜥蜴僧侶這句話，女神官迅速跪在地上，用手指在空中劃了個聖印。

在等待她結束簡短卻虔誠的默禱的期間，小鬼殺手轉過頭。

「你怎麼看。」他同樣大氣都不喘一下。「哥布林過得去嗎？」

「沒人帶路的話，他們上不來。」

礦人道士瞇細眼睛，瞪著做工粗糙的迴廊。哥布林殺手哼了聲。

「除了跟在我們後面的傢伙嗎？」

「如此一來，只要殺掉他們，貧僧等人再逃出去，剩下的就會自相殘殺，一個都不留。」

哥布林殺手點頭肯定蜥蜴僧侶這句話。

不管他們是從哪進來的。哥布林殺手咕噥道。

「巨大的哥布林。很久以前我聽說過，棲息在寒冷地區的野獸，體型會比較大。」

「隨便啦。」

妖精弓手豎起長耳，警戒著逐漸逼近的小鬼腳步聲。

「這裡該不會還封印著盲目者（註2）吧？」

「飛天水螅（POLYP）在更深的地底。」

「飛天水螅？」

礦人道士語帶無奈，女神官納悶地站起來。

妖精弓手回答「尚未滅絕的古代生物有很多喔」，她似乎暫時接受了這個答案。

女神官拍掉膝蓋上的灰塵，拿起錫杖，發出清澈的聲音。

「不好意思，讓各位久等了。」

「小事小事。不過，只要在牆上或洞頂開個洞，或許便能輕易逃出。」

「這可是礦人蓋的，區區小鬼開不了洞，想靠蠻力硬來會整個塌掉。廢墟暫且

註2　克蘇魯神話中的虛構種族。

不提。」

蜥蜴僧侶和礦人道士的對話，使女神官「嗯？」豎起手指抵在脣上。

不久後。

「……我覺得哥布林不會想那麼多喔？」

「趕快出去比較好吧!?」

「同感。」

哥布林殺手點頭附和妖精弓手尖銳的聲音。

「GOROGBB！」

「GRGB!!」

冒險者們衝進空蕩蕩的城市，小鬼幾乎在同一時間蜂擁而入。

「我負責殿後。」

「貧僧也來助陣。」

兩名前衛的腳底在地上發出摩擦聲，減速繞到後方。

合作無間。跑在旁邊的其他同伴也微微低頭，加快腳步。

——可是，這樣太無趣了。

妖精弓手颯爽地奔跑，舔了下嘴脣，上半身朝向後方。

「看招！」

「GBBBORG!?」

哥布林的慘叫是出於錯愕，出於痛苦，或者兩者皆是？

連拉弦的動作都看不見的速射，直接貫穿帶頭那隻哥布林的胸膛。

「哇。」

看都不看目標一眼就從旁邊射出的箭，令女神官驚呼出聲。

上森人的弓法無時無刻都神乎其技，看幾次都會忍不住讚嘆。

「哼哼……！」

「有時間炫耀不如去工作，工作……！」

「你才是，小心別走錯路！礦人蓋的路會害我頭痛！」

兩人的對話導致笑聲伴隨規律的呼吸聲，從女神官口中傳出。

狹窄的地下通道。緊逼而來的小鬼。在黑暗中狂奔。

全是會喚起不愉快的記憶的火種，然而——

——現在……我並不害怕。

她反而有點焦慮，因為自己在這種時候幫不上什麼忙。

沒辦法跟背後傳來的交戰聲一樣，與小鬼交鋒。

短劍呼嘯而過，爪爪牙尾襲向目標，哥布林發出哀號，血腥味飄散而出。

——因為我沒辦法像那樣戰鬥。

她不是不會嚮往跟那位女騎士一樣，揮舞被人遺忘的遠古祕劍。
然而，她的技術又還沒好到能邊跑邊擲出Sling。
剛才休息時已經消耗一次神蹟，她想省著點用——
——火把也是，跟這兩位同行的話，只有我自己用得到。
畢竟在搜索敵人這方面，凡人的圓耳朵不可能比得過森人的耳朵。
這樣的話，她能做的只剩下小心跑步，以免跌倒或撞到頭。
思及此，女神官揚起嘴角。
——習慣了。
真是的，竟然在剿滅小鬼的途中為這種事煩惱。太鬆懈了。
人各有所長。現在不是自己的回合，僅此而已。把該做的事做好，要想事情之後再說。
「——沒完沒了，雖然一直都是這樣。」
「哇！」
因此，她正準備為自己打氣時，被這句話嚇得忍不住尖叫。
聲音的主人說的當然是小鬼，而非她內心的迷惘。
她卻有種沒在專心聽神官長講解教義時，碰巧被點名回答問題的心情。
女神官做了個深呼吸，好讓小小的心臟不要跳那麼快。

她轉頭看了背後一眼，被暗紅色血液弄髒的鐵盔正在朝這裡衝過來。

手上拿著沒看過的生鏽鐵劍。從盾牌上的血跡判斷，八成是在手無寸鐵的狀態下用盾牌毆打敵人，硬搶過來的。

後面是蜥蜴僧侶的長脖子。他閉著一隻眼睛，眼珠子轉了圈。

——太好了。

「他們兩個都平安無事！」

女神官吐著氣向前面的兩人大喊。

用不著她說，妖精弓手的長耳應該也聽得見，但她覺得傳達情報很重要。

證據就是妖精弓手伸長手臂揮了揮，女神官點頭。

既然如此，接下來該做的是確認狀況。

「……數量多嗎？」

「以過客來說。」

才剛結束一場戰鬥，哥布林殺手卻回答得毫無遲疑。

「但沒多到能叫流浪部族（Wandering Tribe）。不曉得是不是偵察敵情時誤入這裡。」

「意思是，這群哥布林有源頭……？」

有的話必須摧毀掉。不過——在哪裡？要怎麼找出來……不對。

「當務之急是解決這些哥布林，離開地下道，對吧？」

「對。」哥布林殺手點頭，補充一句：「沒錯。」

「哈哈哈，只要停下來站穩腳步，沒有問題是不能解決的。」

蜥蜴僧侶哈哈大笑，用腳爪踢擊石頭地板，因鮮血與內臟的氣味呼出一大口氣。

「貧僧的心臟也快熱起來囉！」

「到外面又會變冷喔？」

所以不能勉強。女神官有點緊張地給予忠告，蜥蜴僧侶回道：

「是貧僧失策了！神官小姐變得挺會說話了吶。哎呀，貧僧也得繼續鑽研。」

「沒、沒有的事……！」

這句話聽起來像在調侃她，女神官硬是繃緊差點揚起的嘴角。

這個狀況可沒空給她謙虛或羞愧。

「不管怎樣，想快點解決掉。」

——而且，果然。

她覺得哥布林殺手好像心神不寧的，不太對勁——

「所有人，小心頭部！」

然而，女神官現在不會有心思顧及這些。

礦人道士扯嗓吶喊，他的聲音剛刺進耳中，就看見矮得令人瞪大眼睛的洞頂。

即使是平凡無奇的地下道，對凡人、森人、蜥蜴人來說，此乃致命的陷阱。

「礦人的城市有夠小……！」

能夠完全不減速，如同一支飛箭衝進去的，大概只有上森人。

彷彿要倒向地面，維持上半身前傾姿勢狂奔的她，儼然是一陣翠綠色的風。

女神官只能壓低身子，努力追在後頭。將錫杖拿低，以免卡到岩壁。

纖細的身材雖然根本比不上魔女和劍之聖女，這種時候倒是挺方便的……

「哎呀……！這還真是……！」

蜥蜴僧侶簡直跟在地面爬行一樣，連他看起來都傷透腦筋。

女神官配合他放慢步調，大聲告知現狀。

「哥布林殺手先生！」

「火把給我。」

「是！」

哥布林殺手在同時伸出手，用不著一眨眼的時間，女神官就將燃燒著的火把遞過去。

他的腳於地面摩擦，降低速度，再度回到隊伍的最後方。

對小鬼殺手而言，洞頂低了點不構成任何阻礙。

「GOROGGBB!!」

「GBB!!GOROOGBB!!」

但只有數量減少，氣勢絲毫不減的哥布林們，會把一切都往對自己有利的方向解釋。

那個大傢伙肯定蠢到這種程度的小路就會卡住頭。

俗話說頭腦簡單四肢發達。大傢伙通常都又笨又遲鈍。

壓爛他。殺掉他。讓他知道他之前幹了哪些好事。

然後在你們幾個忙著應付這傢伙的期間，我自己去收下那個凡人丫頭和森人丫頭。

——八成是這麼想的。

「幸好沒有弓手。」

哥布林殺手舉起盾牌，砸向帶頭的愚蠢——絕不勇敢——小鬼。

「GOROGB!?」

鼻子被砸爛的小鬼噴著髒血飛往後方，將後面的同胞牽連進去，倒在地上。

按著臉打滾的同伴，在哥布林眼中僅僅是阻礙。

踐踏、怒罵、毆打，意即在這數秒鐘之間，前方的冒險者會被他們徹底遺忘。

足夠爭取時間了。

「再見。」

哥布林殺手將可燃之水連同火把一起扔出去，迅速衝出隧道。

背後響起瓶子的碎裂聲、小鬼的慘叫聲，以及蒸騰的熱氣。

「不要動不動就用燒的啊……！」

於前方迎接他的，是扠著腰抱怨的妖精弓手。

哥布林殺手的視線在鐵盔底下左右移動，確認女神官、蜥蜴僧侶、礦人道士安然無恙。

看來離開隧道後，仍然屬於這座礦人都市的範圍。

朦朧的火光照亮錯綜複雜的廢墟，看得一清二楚。

女神官已經點燃下一根火把，真的是——

——挺熟練的。

妖精弓手氣呼呼地對看起來像杵在原地的小鬼殺手擺動長耳。

「這裡風精好少，會窒息吧。」

「……沒那麼容易。」

哥布林殺手深深吐氣，用一句話反駁。

「一次射個七十發『火焰箭（Fire Bolt）』進來就另當別論。」

什麼嘛。妖精弓手噘起嘴抗議，講出來的卻是截然不同的話語。

「——又要來了！動作快！」

「GROOROOGB……！」

龍也好小鬼也罷，綠皮膚（Green Skin）的怪物究竟為何這麼不死心？

哥布林們都燒起來了，還是跳過火牆，蜂擁而上。

同樣不是出於勇氣——單純是因憤怒而失去理智，或是覺得自己跟其他白痴不同的傲慢想法所致。

如果把他們和龍相提並論，活該被噴一臉火。

看見那一群踩著同伴逼近的混沌，小鬼殺手低聲沉吟。

「走。」

「用不著你說——來，往這邊!!」

礦人道士一發號施令，冒險者們便再度狂奔起來，連調整呼吸的時間都沒有。

論敵我的戰力差距，很簡單，應該是哥布林殺手一行人占上風。

不過敵人的總數不得而知。而跟小鬼的數量比起來，冒險者的體力有限。

離開地底前必須殺掉哥布林，但也不能耗費太多時間。

還需要什麼。需要——沒錯，除了知道要走哪條路以外的，什麼東西。

而那個東西，化為前方巨大的斷崖出現。

不用說，既然帶領眾人的是礦人道士，這條路就不可能是錯的。

在礦人的地下都市開出深深一道裂痕的巨大某物，以前大概是水道。

若冒險者中的某人低頭窺探黑暗深淵，應該會看見冰冷僵硬、發出微光的黑色金屬。

那是遠古時代，礦人的熔爐火焰尚未熄滅時的鋼液之河。

城市裡面有河的話，必然會有那東西。

扶手高度偏低，寬度夠。隨著空氣循環吱吱嘎嘎搖晃。是座金屬的——

——吊橋！

「把橋弄斷吧！」

率先開口表示他們占了地利之便的人，是女神官。

妖精弓手在旁邊「啊啊，討厭！」從地底仰天長嘆，將一回合花在無意義的行動上。

「是時候用法術了。」

至於哥布林殺手，他依然無論何時都不會猶豫。

「要被祖先罵囉……！」

「哥布林入侵的時候就註定挨罵了啦！」

「正是。」

對從背後逼近的小鬼群置之不理，祖先也會動怒吧。

礦人道士眉頭緊皺，擺動短手短腳通過吊橋。

© Noboru Kannatuki

事已至此，也不需要有人帶路了，妖精弓手輕盈地從他頭上跳過去。

「反正都要弄斷，我想盡量把他們引到正中央再動手……！」

「同意。」

「明白，明白……！」

於是，兩名前衛如同騎士般威風凜凜地立於橋上，阻擋在小鬼面前。

「GOBGOB！」

「GRG！GOBG!!」

一群小鬼拿著雜七雜八的武器湧上。

即使是穩固的鐵橋，一旦成為戰場也會劇烈搖晃，會左右傾斜。

在伴隨腳步聲發出尖銳哀號的橋上，率先呼嘯而過的，是冒險者的盾牌及爪子。

「GRROGOB!?」

「GROB!?」

「嘖……！」

面對被鉤爪一分為二的小鬼、喉嚨被砸爛的小鬼，哥布林殺手嘖了一聲。

或許是因為他剛才一直胡亂揮舞生鏽的短劍，劍身無法直線切入目標，應聲而碎。拙劣的攻擊。

——雖然我並非執著於這把武器。

短劍在掌中轉了一百八十度，他毫不遲疑地反手握住劍柄，將高高舉起的短劍刺向正下方。

「GGOBGRGG!?」

就算是斷掉的劍，只要像這樣靠蠻力刺進去，仍舊足以殺敵。

哥布林殺手放開插在小鬼喉嚨上的劍，踢碎他的手指，搶走棍棒。

「嘶!!」

「GOROOGBB!?」

這個瞬間，蜥蜴僧侶的長尾從他頭上掃過。

肌肉與骨頭的結晶是威力驚人的鞭子，打碎小鬼的胸骨和內臟，將他擊飛。

「GOBOBRG!?」

「GRRG！GOBRO!!」

飛出去的小鬼成了屍體，而他的體重及速度又化為強大的武器。

哥布林嘔吐著於橋上翻滾，絆倒後方的好幾隻小鬼。

「哈哈哈，莫非小鬼殺手兄也懂得珍惜武器了？」

「我也不是一天到晚都在扔武器。」

「GBBORGB!?」

哥布林殺手隨手扔出棍棒，增加一個障礙物（屍體）。

「只有必要的時候會。」

「原來如此。」

蜥蜴僧侶咧嘴一笑。哥布林殺手的鐵盔上下搖晃。是時候了。

兩位冒險者迅速和在橋上糾纏不清的小鬼拉開距離。

與此同時——

「『慈悲為懷的地母神呀，請將神聖的光輝，賜予在黑暗中迷途的我等』!!」

從地底直達天上的祈禱響徹四方，帶來一道燦爛的光輝，驅散混沌的黑暗。

看出機會到來的女神官果斷採取行動，沒有向其他人徵求許可。

她舉起的錫杖寄宿著地母神點亮的光，平等地降臨在所有小鬼身上。

「GOROB!?」

「GBGRR！？！？」

從錫杖灑下的光使哥布林摀住臉大叫，痛苦掙扎。

眼角不停流出骯髒淚水的模樣固然可憐，卻不能手下留情。

在場所有人都知道，幫助小鬼只會被他們拿石頭砸腦袋。

他們受到吸引、遭到阻擋，最後被「聖光（Holy Light）」困在吊橋中央。

「得手了……!!」

一看到同伴紛紛閃開，礦人道士便張開手掌往鐵橋上一拍。

祖先在遙遠往昔建造的那座鐵橋，瞬間劇烈傾斜，發出巨響。

「『土精（Gnome）唷土精（Gnome），甩桶成圈，一甩再甩，甩夠放手』!!」

螺絲彈開。鋼筋彎曲。鍊條伸長。鋼絲——啪一聲斷裂。

四方世界最為強大的力量之一——重力之手，抓住了小鬼和礦人的橋。

「GOBRG!?」

「GOBOBROR!?!?」

任他們再慌張都束手無策。

跟遙遠的往昔，散發紅光的液體在這條鋼液路中流動時比起來——哪一種下場比較好呢？

小鬼們瞬間被拽進逃不掉的黑暗，連拖長的哀號都聽不見。

因為殲滅仇敵的礦人橋勝利的歡呼聲，徹底蓋過了區區小鬼臨死前的慘叫。

吊橋用力撞上冰冷僵硬的黑鐵，發出宛如雷鳴的轟然巨響。

地面晃得瓦礫跟著起舞，塵土也從遙遠高處的洞頂紛紛掉落。

女神官忍不住驚呼，縮起身子；妖精弓手受不了這麼大的聲音，摀住耳朵蹲在地上。

在兩位女性旁邊迎接蜥蜴僧侶和小鬼殺手的礦人道士，得意地哼了聲。

「我可是侍奉神祕之火的人……該說是生命的創造主吧。」

「……裝什麼森人呀。」

「閉嘴，傻丫頭。」

小心鍛冶神對你降下神罰。礦人道士對妖精弓手的碎碎念一笑置之。

他關心的似乎是祖先建造的偉大鐵橋的下場。

礦人道士拿起用東方植物做的九柱戲（Skittle）瓶搖晃，裡頭傳來微弱的水聲。

然後拔掉塞子，朝躺在谷底的吊橋灑下水花般的酒精。

「管它是蜂蜜酒、蘋果酒還是芋酒……沒有生命之水誰活得下去。」

語畢，他一口氣喝光所剩無幾的酒。

不是在發洩悶氣，只是找到藉口所以才喝酒。女神官鬆了口氣。

那就不用擔心了。礦人這個種族就是愛喝酒，不喝酒哪叫礦人。

「橋斷了，回去有路可以走嗎？」

「礦人自然知道礦人會把路蓋在哪裡。」

礦人道士邊說邊喝得滿鬍子是酒，既然他都這麼說了，應該不會有問題。

若只有自己一個人被扔在這裡，真的是束手無策——幸好還有夥伴在。

身為其中的一員，自己也有仔細偵察敵情，在關鍵時機祈禱神蹟，大家都毫髮無傷。

女神官扳起手指計算，似乎想通了什麼——

「……好！」

她握緊拳頭，暫且滿足於自己完成的任務。

她沒發現蜥蜴僧侶瞇眼看著她做出最近特別留意的這個動作。

要是她發現，一定會因羞恥而變得畏畏縮縮，因此蜥蜴僧侶也沒有打算開口。

做為替代，他愉悅地對哥布林殺手吐出舌頭。

「回程想必得繞遠路了吶。」

「無妨。」

哥布林殺手簡短卻乾脆地說。

「不是要趕著回去的旅程。」

又不是家裡的東西要被人賣掉了。這句話的意思，女神官並不明白。

§

女神官現在才知道，什麼叫耀眼得讓人流淚。

離開黑暗的礦人地下都市，她最先看見的景象，只能用「白」一個字形容。

分不清是朝陽還是夕陽的白光刺進眼中，如同冰的碎片。

她不禁用手臂遮住臉，保護痛得泛淚的雙眸，不停眨眼。

不知為何，神祕的虹色霧靄在空中飄盪，就算兩眼能夠聚焦，依然看不清楚。

——假如哥布林還活著。

事情就嚴重了。她在內心責備大意的自己，終於勉強看得見外界——

「這是……雪的光……嗎……？」

放眼望去全是銀色的世界，耀眼得彷彿在燃燒。

連哥布林殺手都「唔」了聲，可見他八成也沒料到。

蜥蜴僧侶放下瞬膜，瞇起眼睛，冷得發抖，疲憊地開口。

「哎呀，這還真是。寒意刺骨，光線卻如同沙漠……」

「哼哼。」

妖精弓手得意地拿出上面刻有縫隙的皮製眼罩。

她辛辛苦苦將繩子掛在長耳上，面向女神官，得意洋洋。

「——怎麼樣？這個遮光器！」

「……妳什麼時候買的？」

「出發前我聽朋友提到有這個東西。終於輪到它派上用場了！」

很棒吧！她得意地挺起平坦的胸膛，可是上森人真的需要這個東西嗎？

——那樣視野感覺會變得很狹窄……

不對，之前她戴過一次的哥布林殺手的鐵盔也會導致視野變狹窄。

既然如此，說不定沒問題……好吧，嗯，上森人應該不至於用不到。

但就是因為愛買這些東西，她的房間才會那麼亂……

——算了，她開心就好。

不該在人家得意的時候亂潑冷水。更重要的是，她自己也有興趣。

「之後可以借我一下嗎？」

「當然可以！不過，凡人戴起來可能會覺得視野變得有點窄。」

哥布林殺手瞥了兩位女性在聊天的溫馨畫面一眼，低聲沉吟。

「……有沒有聞到火的味道。」

「啥？」

礦人道士在結凍前用袖子擦掉沾到嘴角及鬍子的酒。

「是不是你鼻子出問題？畢竟咱們剛從遺跡裡出來。」

「或許……喂。」

「咦？幹麼？」被叫到的妖精弓手轉過身，甚至沒有在雪原上留下腳印。「偵察？」

歐爾克博格也刺眼得看不見對不對！妖精弓手得意地搖晃長耳，定睛凝視。

都戴著遮光器了，還把手放在眼睛上面有意義嗎？女神官不知道。

——算了，她開心就好。

女神官再次心想，點點頭。絕對要跟她借那個遮光器。

「——燒起來了。」

不過，她鬆懈的精神因妖精弓手這句話立刻繃緊。

妖精弓手盯著遠方，豎耳傾聽，冷靜、嚴肅地接著說：

「不曉得凡人看不看得見。有煙，也聽得見戰鬥的聲音。」

「是哥布林嗎？」

「不——」妖精弓手透過遮光器看著女神官，嘆了口氣。「不是，大概。」

「不是哥布林嗎？」

哥布林殺手瞥向鑲在背後的岩石中，以礦人來說尺寸太大的鐵門。

和在地底蠢動的小鬼有無關聯？不，這個世界上可沒有無關緊要的小事。

蝴蝶振翅會在遠方引起暴風，被人基於好玩的心態燒掉的村子會出現英雄。

——哼。

明明是自己的想法，卻完全沒有可信度。他也沒有要相信這句話的意思。

要做還是不做。世上的一切全看這個。

「上。」

他將乾脆地扔掉棍棒後撿起來的，疑似出自礦人之手的劍收進劍鞘。

礦人的太刀在凡人眼中不長不短，對小鬼殺手而言卻是熟悉的長度。

然而──事實並非如此。

「……？」

恐怕是遠古時代，住在北方的人訂做的。

他握住的是一把非常厚、又長又重，該稱之為大太刀的長劍。

對女神官來說是有點──不，是非常奇妙、陌生的畫面。

因為如果是情急之下握住的暫且不提，他沒有半句怨言，就將那把長劍配在腰間。

女神官不由得面露疑惑，頻頻眨眼，也是正常的反應。

「由太陽的位置及山峰的形狀判斷，」蜥蜴僧侶吐出舌頭。「貧僧等人要去的城鎮，應該也在附近。」

「就算現在過去，等我們到的時候應該全部都結束了吧。」

妖精弓手邊說邊將遮光器推到額頭上。

「無論如何，」哥布林殺手斷言道。「沒有不去的選項。」

冒險者沒有反對。

他們迅速點頭，在雪地的斜坡上飛奔而出。

在這段期間，女神官也看出現在是黃昏，那道火焰般的光輝是來自於夕陽。

她追著負責帶路的妖精弓手的腳印——純屬譬喻。上森人不會在雪上留下足跡——吐出白色的氣息。

看了默默奔跑的哥布林殺手的背影一眼，然後是左右、後方，關心落後的蜥蜴僧侶。

在這個過程中，女神官也看見幾縷黑煙升上空中。

源頭是——城市。

背對他們腳下的岩山，被雪、樹木與海洋圍繞的城市。

——港都。

女神官這輩子第一次看見。跟漁村和水之都截然不同。

略高的丘陵附近有座石造宮殿，每棟民宅都是三角狀的稻草茅葺屋頂，形似翻過來的船。

海灣蓋有木製棧橋，有幾艘沒看過的細長型帆船停在那裡。

可是，她現在沒有心思欣賞異國的景觀。

整齊地停靠在一起的船隻縫隙間，有幾艘船硬是擠進來，衝進港口。

從船上跳下來的戰士紛紛襲向城鎮，身上是同樣沒見過的裝備。

揮動斧頭、揮動長劍，搶走木桶及衣物箱，扛起少女跑上船。

「他們在抓人——!?」

話講到一半，女神官眨眨眼睛。

無疑是掠奪。她看過好幾次小鬼的掠奪行為。不會有錯。

但是——不過。

少女們尖叫著摟住掠奪者的脖子，這個畫面她還真沒見過。

她想都沒想到那些人臉頰會染上有別於夕陽的薔薇色，親吻掠奪者的臉頰。

「咦，咦——咦…………!?」

女神官因混亂及羞恥而滿臉通紅，兩腳卻沒有停下，值得讚許。

那個畫面、掠奪者勝利的吶喊、男人們懊悔的聲音、少女們的歡呼愈來愈接近。

「……那是怎樣？她們怎麼那麼開心？」

——沒錯。

如妖精弓手那比任何言語都還要能表達「莫名其妙」的表情所示。

被帶走的少女樂得尖叫，抱住那些男人。

他們的所作所為明顯是暴行，卻和小鬼截然不同。

「噢…………那是在娶妻……」

或許是寒冷所致，蜥蜴僧侶語氣十分悠閒，轉動長脖子。

「娶妻？」

女神官頭上浮現問號，不知道她的聲音有沒有分岔。

大腦跟不上狀況與觀念之間的矛盾。娶妻。娶妻。婚禮？

「貧僧的家鄉也存在因為女兒被擄走，不得不同意結婚的風俗。」

「不得不……」

妖精弓手投以鄙視的目光，蜥蜴僧侶點頭回答：

「正是，搶得走新娘，乃武威、人脈、智慧的證明。豈不是再明確不過？」

「……也就是說，」妖精弓手語氣帶刺。「蜥蜴人的妻子會去給人搶的意思？」

「未必人人盡皆如此。既然男方不惜動武搶走女方，大部分的婚姻都會幸福美滿。」

「文化差異啊……」

妖精弓手垂下頭，礦人道士見狀，毫不掩飾地哈哈大笑。

女神官也不知道該如何是好，無助地望向哥布林殺手。

該怎麼說呢——緊張，放鬆，又馬上恢復緊張……然後就是這樣。

——雖說冒險時的心情隨時都在變化，這實在是……！

她完全不知道該嚴肅還是該放鬆心情。

「怎麼辦……？」

「……得去問清楚。」

沉默片刻後，哥布林殺手咕噥道。

「無論如何？」

「無論如何。」

於是——冒險者衝下斜坡時，不出所料，事情已經告一段落。

船隻從港口悠然離去，剩下的人看起來很不甘心，氣氛卻並不凝重。

在瀰漫火焰、鮮血、戰爭的餘味，崩塌的房子及斷掉的四肢散落一地的環境中，這些人的反應顯得格格不入。

女神官感到一陣酒醉般的頭暈。勉強吸進一口氣，調整呼吸。

畢竟，有長眼睛的不是只有他們。

對方也在這場戰鬥的途中，發現有個可疑的團隊(Party)在跑下丘陵。

來路不明的身穿骯髒鎧甲的戰士、異教的神官、礦人、森人、蜥蜴人。

穿著毛皮，手拿斧頭的壯漢們銳利的視線，刺在女神官嬌小的身軀上。

——識別牌在……

沒有用。這裡還沒設立冒險者公會。冒險者等於是身分不明的無賴漢。

女神官——出於過去在沙漠時也有過的緊張感，下意識握緊放在胸前的手。

連這麼一個小動作都令她遲疑。

手拿武器的民眾，與五位異邦人對峙。

會不會發生哪件事，讓情況全往不好的方向發展？她完全想像不到。

諸神肯定也在緊張地看著骰子骰出的點數。

因為「宿命」與「偶然」，以及祈禱者的意志和行動招致的結果，沒人有辦法預測。

怎麼辦？妖精弓手語氣銳利，低聲詢問。蜥蜴僧侶沉默不語，礦人道士聳聳肩膀。

「………………我們來自南方的王國。」

打破沉默的，是哥布林殺手。

他閉上嘴巴，彷彿這句話就能說明一切，然後猶豫了一瞬間。

「是冒險者。」

對方沒有回應。

戰爭帶來的激情尚未冷卻的男人們一陣騷動，交頭接耳起來。

女神官的手滑過錫杖，緊緊握住它。為了應對任何情況。

她沒空左顧右盼，但她感覺得到同伴們八成也做好了準備。

不久後——金屬的碰撞聲傳入耳中，群眾往兩側分開。

一名年輕女子從中走出。

女子身穿長及膝蓋、光鮮亮麗的黑鐵鍊甲，手持盾牌和一把槍尖厚重的鋼槍。

© Noboru Kannatuki

鎧甲藏不住的美胸下方的腰部，則用一條細長的腰帶束緊。

腰帶上掛著一串同為黑鐵製的鑰匙，彷彿是身分的證明。

宛如一尊精美雕像的身軀上，是比雪更加白皙、精緻小巧的臉蛋。

整齊地盤起，綻放耀眼光芒的髮絲——肯定是淡棕色的，眼睛是湖水般的深綠色。

一隻眼睛用布覆蓋著，卻連那塊布都不損其美貌。

女神官「哇」倒抽一口氣。可以說看呆了。

畢竟除了上森人外，如此美麗的人物，她只見過至高神的大主教(Archbishop)。

雖然裝備樣式不同，這名女性讓人覺得若將戰女神的形象繪製成圖，或許就會是這副模樣。

從戴在頭上的額冠判斷，想必是身分高貴的女性。

那位美麗的女性環視眾人，薔薇色的嘴唇勾起淺笑。

女神官緊張得嚥下一口唾液，端正姿勢，挺直背脊——

「甘蝦各位遠道而來，這個地方雖然粉吵，還請各位好好歇睏。」

「……咦。」

忍不住發出錯愕的聲音。

「哎呀，偶滴丈夫有跟偶縮過，傷腦筋滴素，親情（親戚）突然來相揣（來訪）。」

不好意素，讓各位見笑——女神官完全聽不懂她在講什麼。

幫他們帶路的美麗女子害羞地搔著臉頰，大概是在難為情。

看來她是這塊領土的統治者的女主人（Husfreya），也就是妻子——的樣子。

從她的語氣來看，這場戰爭果然不值得操心。

——似乎是稀鬆平常的事件。

女神官小步走在被踩硬的泥土地上，難掩困惑。

並不是因為異國土地那如同巨大農園的神祕街景。

也不是因為四散的斷肢、血跡、屍體、傷患。

原因在於剛經歷一場戰鬥，人們卻像辦完盛大的祭典一樣，高興地收拾著。

以及語氣明快的女主人（Husfreya）的用詞。

據神話所說，掌握世上之風的交易神創造了語言，智慧之神創造了文字。

那是四方世界全部的有言語者都能使用的共通語言及文字——
——也就是說，在那之前就有語言存在了。
是森人語（Elf），是礦人語（Dwarf），或是這種北方居民所使用的語言。
女神官是在邊境出生長大的。熟悉基本的方言，也聽得懂。
但她還是第一次聽見這麼奇怪的共通語言——至於沙漠的居民，要歸功於交易神的恩寵。
「素異邦倫啊……」
「看看他們滴頭目，今寒酸……」
「傻仔，戰士看滴素內在，不素衣衫啦。」
「雖然粉舊，他身上那把不素礦倫滴劍咩？素把好武器哩。」
「一定素爬過那座迷霧山脈來滴。」
「跟老大同鄉哩……」
「素唄。」
「那個小丫頭素不素巫女？」
「跟偶們這邊滴恰查某差真多。」
使女神官身體僵硬的，是戰士們大膽的視線，以及陌生的竊竊私語聲。
「嘿。」

被叫做「恰查某」，走在隊伍最前方的她喝斥道，戰士們便迅速移開目光。
女神官推測這應該是某種揶揄——表示親暱的調侃。
但她聽不懂是什麼意思。包含對他們所說的話的意思。
她是異教徒，所以覺得稀奇嗎？還是因為她是個瘦弱的小女孩，被人看不起？
戴著淚珠型頭盔的戰士們，外形像把身高拉成凡人(Hume)等級的礦人。
肌肉發達又強壯，留著鬍鬚，感覺像會移動的岩石。
沒人戴著有角的鐵盔，這一點女神官覺得很奇妙。
北方的蠻族在故事書中，總是這個形象……
「素龍。」
「那素蜥蜴唄。」
「長得金恐怖。」
「瞧瞧那丫頭。素不素精靈……？」
「喔，有精靈……」
「……素仙女。」
「今水，看一眼偶就起雞母皮哩……」
戰士們自不用說，包括正在收拾廢墟的居民關注的——
「嗯嗯，寒意直逼骨髓吶……」

「振作點，大家都在看。」

是踩著沉重步伐前進的蜥蜴僧侶(Lizardman)，以及——像在跳舞般走在旁邊的上森人。

秀髮隨風飄揚，好奇地東張西望的模樣，既優雅又美麗。

令人驚訝的是，跟她站在一起也毫不遜色的——這位北方王妃。

「偶代替那些年輕倫跟妳說聲歹勢。」

「嗯——他們是覺得很罕見吧。因為上森人(High Elf)在北方幾乎都跑到幽世囉。」

剩下的氏族也不太會來到人類的村落，不然就是森人的血完全跟人類混在一起了。

對於自己受到矚目一事，妖精弓手(Elf)已經不只是習慣，而是把它當成跟呼吸一樣自然的現象。

女神官心生羨慕，藉由偷偷躲到她背後，擋住自己的視線。

平常她就知道這位朋友是位美女了，但她現在深深體會到，還真是超脫俗世的美貌。

「他們好像對礦人沒什麼興趣？」

「因為這邊的人也會跟咱們買武器。」

礦人(Dwarf)道士則悠閒地走在泥土地上，自在得如同在逛自己家的後院。

他在這個團隊(Party)中知識最為豐富，在這種意義上是個成熟的人。

本以為他來過幾次北方，他卻笑著回答：

「沒有，我們同樣侍奉鋼鐵之神。凡人和礦人，所以是表兄弟……不對，是再從兄弟吧。」

「喔，鍛冶神……」

女神官點點頭。身為神職人員，她當然聽過這位神明。

不過，也稱不上多瞭解。

記得鍛冶神是位古老、駭人、充滿謎團的神明……

——哥布林殺手先生……

又是如何？女神官左顧右盼，尋找那頂廉價的鐵盔。

最先自我介紹，因此似乎被視為一行人的頭目（Leader）的他，跟在那位女主人（Husfreya）後方。

他看起來毫不在意其他人的交頭接耳聲，跟平常一樣踩著大刺刺的步伐——

——咦？

女神官不禁疑惑。

哥布林殺手頭盔上那條斷掉的盔纓，晃得比平常更厲害。

不對，大概是頭盔本身在轉向四面八方。

被燒掉的住宅，或是完好的住宅，以及愈來愈近的宮殿。

他彷彿在注意這一切，應該是在戒備吧。女神官繃緊神經。

「……本以為是紅磚，看來似乎不是。」

「你好奇那個嗎？」

女主人（Husfreya）秀麗的面容浮現清爽的笑容，薔薇色嘴脣奏出悅耳的音色。

「那素泥炭。沒什摸好驚疑（驚訝）滴。」

「原來如此。」哥布林殺手心滿意足地點頭。「竟然是泥炭。」

他接著在鐵盔底下喃喃說道「實際看起來跟聽說的差真多」。

聲音低沉，卻絕不冰冷平淡，女神官眨眨眼睛。

「那麼，那個又是？」

哥布林殺手接著伸手指向街道對面的影子。

沒記錯的話，記得那裡是港口。

用樹木做成，佇立於港口的巨大——以塔來說太小，以箭樓來說又太細的某個東西的影子。

既然不是塔也不是箭樓，女神官怎麼看都覺得那是「手臂」。

「喔，好玩唄？那素起重機（Crane）。」

女主人（Husfreya）展露微笑，高興得像發生什麼好事般兩手一拍。

「它口以拿來幫船卸貨，偶滴丈夫縮都市也有同樣滴東西！」

她說，就算是巨大的貨物，不用墊子就搬得上去，非常省事。

女主人（Husfreya）輕輕把手放在腰間的鑰匙串上，搭配肢體動作為他們說明。

拜其所賜，女神官勉強明白了港口的那東西是用來搬運貨物的裝置。

她「哇……」讚嘆著，想像巨大的木頭手臂抓住貨物的畫面。

那個景象實在太超脫現實，她不禁懷疑那是不是魔法。

當然，女主人（Husfreya）所說的話她沒辦法完全聽懂，所以可能會有誤會的部分……

「原來如此。」

哥布林殺手又嘀咕了一次「原來如此」，鐵盔上下擺動。

「實在很有趣。那──」

女神官集中注意力。握緊錫杖，開口說道：

「那個，呃，哥布林殺手先生……？」

「什麼事。」

「你……會好奇嗎？」

「對。」他用力點頭，沒有一絲遲疑。「非常好奇。」

女主人（Husfreya）美麗如女神的小巧臉龐浮現慈祥的笑容，高興地瞇起眼睛。

「遮抹好奇滴話，之後要不要去看看？」

「麻煩了。」

哥布林殺手的回答一如既往地果斷。女神官又眨了下眼。

「可是，得先打個招呼。」

然而，幸好她的困惑很快就消失了。

不如說，是無心顧及那些。

女主人（Husfreya）停下腳步，哥布林殺手在宮殿的大門前駐足。

「遮裡就素偶丈夫住滴主屋滴大門口。」

——門後……

統治這塊地區的領主就在門後，女神官吞了口口水。

女主人（Husfreya）深邃的眼眸亮起淘氣的光芒，彷彿看穿了她在緊張。

「——諸位冒險者，請進。」

女神官繃緊神經。

§

「打擾了，老公。冒險者到了。」

「喔，素嗎？老婆，辛苦哩。」

「這點小素沒什摸。」

「多謝，來，先來取取暖。天氣粉冷，姑娘家受寒對身子不好。」

「素……」

女主人垂下頭，紅著臉輕聲說道：「討厭，老公真素滴……」。

輕輕撫摸掛在腰間的鑰匙串的動作，傳達出慈愛之情。

——這對夫妻感情不錯……的樣子。

室內光線昏暗，儘管如此，女神官還是緊張得繃緊身子，輕輕深呼吸。

北方蠻族的國王。不，稱之為領主、族長或許更加貼切……

——因為我被人威脅過，那裡有可怕的五四，不可以靠近。

——叫什麼哩？好像是『掠奪者』。

女神官腦中的想像，是留著鬍鬚，神情嚴肅的可怕壯漢。

一定是只有國王能戴有角的鐵盔，還會穿著鎧甲……

模糊的想像尚未化為嚴肅駭人的古代國王的形象，女神官就聽見喀喀喀的腳步聲。

哥布林殺手毫不畏懼地邁步而出。

「哇、哇……！」

其他人也跟著行動，女神官慢了半拍才急忙上前。

難怪屋內——主屋裡面這麼暗。

泥炭蓋成的家中，看不見半扇窗戶。

硬要說的話，有設置在三角屋頂上的天窗，不過——

——是某種生物的皮……嗎？

那裡牢牢貼著陽光會透過去的薄獸皮。

但也不是完全沒有燈光。

女神官發現室內的地板是泥土地，中央的大爐床燃燒著燦爛的火焰。

室內的暖意就是它帶來的吧。牆邊放著長椅，將暖爐夾在中間。

看起來像衣物箱，應該還兼具放東西的用途。

——在我家（邊境）也經常看見……

在異鄉發現自己熟悉的東西，使女神官鬆了口氣，微微揚起嘴角。

吃晚餐的時候，肯定是大家一起坐在這張長椅上，圍著爐床吃飯。

「請到遮兒來。」

女神官之所以能在女主人（Husfreya）的帶領下觀察屋內，是因為時間充裕。

畢竟走在最前方的哥布林殺手雖然步伐果斷，眼睛卻一直到處亂看。

託他的福，女神官也有空仔細觀察這棟異鄉的建築物。

「……好像在船裡面。」

「對呀。」女神官壓低音量回答妖精弓手。「雖然屋頂是反過來的……」

不久後，一行人被帶到長椅正中央，爐床正面，比其他地方高一階的位置。

長度夠，寬度也夠，連蜥蜴僧侶應該都能輕易容納。

一行人面面相覷，最後以哥布林殺手為中央，並肩坐到椅子上。

女神官雙腿併攏，坐在毛皮坐墊上，抬頭一看——上座旁有兩根柱子。

遠比其他柱子更粗更豪華的柱子上，以美麗的線條刻著諸神的模樣。

根據女神官的推測，獨眼獨腳、面色凝重的男性神明大概是鍛冶神。另一柱是——

——女神……？

分不清是地母神還是戰女神，是一位威武與慈悲並具的神祕女神。

「老婆。」

「素……」

聽見來自爐床對面的呼喚，女主人（Husfreya）垂下頭，靜靜走過去。

女神官很久以後才知道，這裡是客廳，統治者坐的地方叫上座。

然而這個時候，她清楚明白自己所坐的位子有何意義。

也就是——王座對面。

女神官緊張地凝視黑暗、爐火、白煙的另一側。

將上古戰士的功勳繡在其上的豪華刺繡（Tapestry）。

強壯的戰士立於屍山血河之上，搶走企圖吞噬戰士靈魂的冰神之女的衣服。

之後應該會坐上王位的精悍年輕人，赤手空拳制伏可怕的怪物，折斷牠的手臂。

從這個故事中隱約可以看出，可畏的二刀流闇人獵兵（Dark Elf Ranger）是他的朋友。

一名魁梧的男子坐在由冰與火之歌點綴的刺繡下，彷彿他的位置就該是那裡。

毛皮長靴、羊毛綁腿。黑鐵製的長鍊甲。毛皮外套。皮帶的扣具是青銅製。

以及——

「嗨，來得好，諸位冒險者。從南方來到這裡，各位應該覺得很冷吧。」

相貌精悍，如同一隻灰狼的年輕人，咧嘴露出親切的笑容。

「啊……」

共通語。沒有口音。沒有長鬍子。放在旁邊的頭盔上也沒有角。

左手放在立於地面的劍的劍柄上，這副模樣比起北方蠻族的首領，更像是——

「我國的騎士嗎？」

哥布林殺手語氣肯定，年輕首領快活地回答：

「曾經是。運氣好立了功勳，邂逅了良緣。前幾年，這塊土地要被納入王國的領土時……我入贅進門了。」

「都素多虧暗之慈母（Husfreya）為偶們牽線。」

待在首領旁邊的女主人瞇起眼睛——臉應該是紅著的——輕輕點頭。

確實，啟程前也聽說過。冒險者文化尚未在這塊土地扎根。

因此想委託他們前來視察，那個詞彙卻令女神官瞪大眼睛。

「暗之慈母……嗜虐神嗎……!?」

不至於邪惡。但那是明顯隸屬於混沌勢力的神明。

崇尚痛苦、傷害人類。闇人崇拜的混沌之神。需要避諱的名字。

女主人(Husfreya)錯愕地——她的年紀推測跟女神官差不多——歪過頭。

她一臉「妳在驚訝什麼」的態度，首領則愉快地大笑。

「哈哈哈，我一開始也是那個反應，不過祂在這塊充滿苦難的土地，是善良的神明。」

「素滴，聽縮戰女神過去也素奉於暗之慈母。」

「咦、咦……」

那不是鍛冶神的逸聞嗎？女神官難掩困惑，頻頻眨眼。

剛才的……說是在娶妻，若無其事地容許互相殘殺的風俗民情也是……

女神官感到頭暈，像大口灌下品質不良的酒一樣，甚至覺得眼冒金星。

別死在文化衝擊手下。聽說黑手之間有這麼一句標語。

「家父受過這裡的首領……前任首領的照顧，因此聽說有魔神出現，我便前來助陣。」

原本打算在戰爭結束後便踏上歸途的這名男子，大笑著說：

「哎呀，回不去啊。這就叫所謂的被愛沖昏頭。她把我牢牢抓住囉。」

「哎唷，老公……！」

他們感情果然很好。看見女主人(Husfreya)拉扯首領袖子的動作，女神官害羞得低下頭。

「你們好像很忙，方便視察嗎？」

「娶妻乃稀鬆平常之事。我第一次看見時也很驚訝。」

北方首領應該是在針對哥布林殺手那句「你們好像很忙」回答。

「而且，是我們主動請陛下派人前來視察的……雖然冬天還沒過去。」

他笑著將右手伸向鉤子，女主人(Husfreya)制止他，代替他幫忙翻動火種。

火花劈啪作響。首領悄聲對女主人(Husfreya)說了些什麼，看到她低下頭後，說：

「總之，我沒聽說會有蜥蜴人(Lizardman)來。先暖暖身子吧。」

「喔喔，那還真是感激不盡……！」

穿著羽毛外套的蜥蜴人，像要撲過去似地將身體靠近爐床。

坐在旁邊的妖精弓手無奈地微笑，往旁邊挪了些。

因為離火近一點，他一定會比較舒適。

「這裡沒有旅舍之類的設施，我準備了一棟房子，各位可以自由使用。」

「三餐怎麼處理？」

思慮周到的礦人道士開口詢問，年輕首領立刻揚起嘴角。

「沒有酒造神的威光照不到的場所，也找不到沒有多雷加的土地。」

「你說的多雷加，」礦人道士捻著鬍鬚。「是酒的名字嗎？」

「是喝酒的意思。也就是宴會。」

首領輕描淡寫地回答，因此女神官沒能立刻聽懂。

她眨了下眼，ㄧㄢˋ ㄏㄨㄟˋ，宴會。這個讀音在腦中迴盪，跟詞彙連結在一起。

有客人來，所以要舉辦宴會。這很合理。不過——

「不、不是剛結束一場戰爭嗎……？」

她差點下意識站起來，女主人（Husfreya）甩著手說：

「不打緊，不打緊。戰爭後舉辦宴會，會帶來好運哩。」

「這是這個地區的風俗。」

這點小事就驚訝，小心撐不住喔。首領的眼睛也亮起淘氣的光。

「他們那邊也一樣。去叫人把被抓走的女人還來的使者，現在應該被灌醉了。」

「意思是被賄賂了。」

「咦咦……」

女神官忍不住望向礦人道士，他卻只是竊笑著，不知道是什麼意思。

首領刻意長嘆一口氣，無奈地搖頭。

「既然女人被抓，連使者都被賄賂，沒辦法，乾脆舉辦一場盛大的婚宴。」

——文、文化……差異……

若不集中精神，搞不好會直接昏倒的女神官旁邊，廉價的鐵盔用力上下擺動。

她無助地看著他。

儘管總是被當成奇怪的冒險者，他其實非常有常識，沒錯，先不說他想到的戰術——

「有意思。」

女神官不禁在內心呼喚地母神的名字。

§

「咦，要去觀光嗎？不休息？」

和首領打過照面，宴會開始前的這段期間，一行人待在首領借給他們住的房子中。

妖精弓手決定把離爐床第二近的長椅當成自己的床，搖晃長耳。

跟首領待的主屋比起來雖然比較小，仍然看得出這個房間挺高級的。

光看鋪在長椅上的獸皮品質就一目了然。

「我打算去看看。」

小鬼殺手點了下頭，好奇地東張西望。

他將行李放到房間角落疑似糧食儲藏區的泥土地上，語氣平靜。

在女神官的記憶中，最後一次休息是在——

——進入那座地下都市前的洞窟……

「咦咦……」

妖精弓手累得在長椅上伸長身體，出聲抗議。難怪她會有這種反應。

她已經放好行李，把外套扔在旁邊，襪子、鞋子也都脫掉了，光著兩隻腳。

完全是準備休息的狀態，哥布林殺手卻提議外出……

「我、我可以一起去……！」

相對的，女神官剛剛才好不容易卸下行囊，因此她大聲表明願意同行的意願。

畢竟這是委託，是工作，是冒險。必須仔細看過城鎮的狀況。

而且——說不好奇是騙人的。

水之都、森人的村落、雪山、大海、礦人的城塞遺跡、沙漠之國、這塊位在盡頭的地區。

——假如沒當上冒險者，想必一輩子都不會有機會到這些地方。

這麼說來，自己此時此刻是不是也正在錯過什麼？

這種惋惜的心情……確實如一盞燈火般，存在於女神官心中。

不過，她當然也想跟這位忘年之交一樣，整個人癱在長椅上。

「嗚…………」

妖精弓手顯然在與想偷懶的欲望交戰。

她一面呻吟，一面在長椅上滾來滾去，趴著望向這邊。

然後抬起視線，看著默默檢查裝備，準備外出的小鬼殺手。

不用想都知道，他應該再過幾秒就會做好準備。

雖說不是多了不起的裝備，女神官也習慣檢查行裝了。

接下來他問的，肯定是「要去，還是不去」。

「……那，我要去。」

妖精弓手終於戰勝怠惰，緩慢抬起上半身，有如一隻剛睡醒的貓。

她費盡千辛萬苦把手伸向行李，煩惱要不要拿出新襪子換，最後拉來原本那雙襪子。

接著將白皙的長腿塞進長靴，碎碎念道：

「也不知道會不會有下一次機會。」

「既然是森人，總會有的吧。」

礦人道士正專注於顧爐火，沒有要離開那裡的跡象。

「才不會。」妖精弓手哼了聲。「我只不過稍微沒注意，大家就不見了。」

「諸行無常吶。」

蜥蜴僧侶待在妖精弓手讓出來的離爐床最近的位子，感慨地晃動長脖子。

大概是因為進到室內，終於能夠喘口氣，他蜷縮起來的模樣無異於——

——一隻龍。

在沙漠看過的真正的龍，睡相記得就是這樣。

「兩位不去嗎？」

妖精弓手擦臉穿外套的期間，女神官問道。

坐在爐床旁邊的兩位同伴一動也不動，她有點不好意思把他們留在這裡。

「總要有人看著東西吧？」

礦人道士露齒一笑，從行囊裡拿出小刀。

「而且，既然要舉辦宴會，我也得做點準備。長鱗片的——」

「貧僧想烤火暖和暖和……」

「又是這副德行。」

是啊。女神官半是無奈，半是放心地笑著點頭。

這裡是異邦。不是在懷疑那些人，而是基於旅人的習慣，必須有人負責顧行李。

而且有個人陪在身體不適的同伴旁邊，也很令人心安。

「真的沒問題嗎？」

妖精弓手大概也在想同樣的事，語氣略帶調侃，探頭觀察蜥蜴僧侶的臉色。

「哎，若這點小事就會滅絕，貧僧等人的血脈早就斷絕囉。」

「你們不是潛入到岩石會融化的地底嗎？結果你們根本受不了寒冷嘛。」

「哞哞哞。」

蜥蜴僧侶似乎無言以對，妖精弓手放聲大笑。

「那等等見——應該是在宴會上？」

「如果你們在那之前就回來，八成是擲出了蛇眼。」

這時，一直在靜靜做準備的哥布林殺手「哞」了一聲。

「那我們走了。」

「無妨無妨。盡情參觀唄。」

嗯。鐵盔上下搖晃，回應朝他揮動的粗糙手掌。

哥布林殺手打開門，女神官匆匆忙忙，妖精弓手則戴上帽子，颯爽跟上。

——啊，太陽已經……

難怪室內也那麼暗。女神官眨眨眼睛。

她現在才知道，夜空是藍色的。

是因為大海近在眼前，還是因為天上的繁星位置偏移了？

她看著在空中共舞的雙月及繁星，吐出白色的氣息。

不經意地把手放在嘴邊，呼氣暖手，帶來一絲樂趣。

「嗚嗚，好冷，好冷……」

「真的好冷……」

妖精弓手用帽子整個罩住長耳，抖動身子。

上次看見那頂帽子是去年冬天的時候，看來它並沒有被埋在房間。

女神官稱讚她「很適合妳」，妖精弓手閉起一隻眼回答「謝謝」，咯咯輕笑。

——不過，真的好冷……

看來太冷的話會讓人喘不過氣，而不只是冷或痛的程度。

為何哥布林殺手有辦法滿不在乎地欣賞景色？女神官覺得很不可思議。

無論如何，她有點後悔穿著鍊甲過來。

即使是非常珍惜的鍊甲，在北國穿起來實在又重又冷。

——之後不好好保養，一定會凍到。

曾經聽說過，在寒冷的地區，鋼鐵也會變脆弱——正因如此，這塊土地才會崇拜鍛冶神。

鐵沉睡於地底，可以說是地母神的恩惠，因此女神官也學過一點相關知識。

然而，鋼的祕密深不見底。

僅僅擁有聽人講解過幾句的知識量，連放在腦袋裡想都叫不自量力。

以目前的情況來看，保養方式是不是問哥布林先生就行了？

或者……

——領主夫人和領主也都穿著鍊甲……

「哎呀，種摸了嗎？」

而那美麗如豎琴的聲音，正是出自女主人(Husfreya)口中。

§

黑夜下，白雪中，那名金與白的美麗女子帶著柔和微笑站在那裡。

剛才的姿勢儼然是戰女神，現在看來卻像地母神一樣。

她已經卸下武具，穿著合身的羊毛禮服和圍裙。

領口大大敞開，露出剛才被鍊甲壓在下面的豐滿乳房的線條，以及白皙的肌膚。

但多虧繡著精美花紋的披肩所賜，給人的感覺並不淫靡，也不會顯得保暖不足。

禮服和圍裙同樣繡有花紋，十分費工。

至於依舊掛在腰間的鑰匙串，還真是做工精緻！

不愧是虔誠信奉鍛冶神的地區，純黑鐵製的鑰匙上還刻著纖細的金屬雕刻。

用頭巾蓋住美麗金髮的她的姿態，雖然和王都的貴族氛圍不同——

——好漂亮的人……

女神官忍不住讚嘆，完全無法將她跟「北方蠻族」一詞聯想在一起。

看見女神官的表情，女主人(Husfreya)溫柔地瞇起獨眼，指向自己懷裡的布。

「偶帶了毯子過來。遮個地方對各位來縮粉冷吧？」

「哇……！謝謝……！」

小心別冷得哈啾(打噴嚏)了。女神官感激地接過她遞出的毛毯。

每條羊毛毯看起來都五顏六色，是耗費大量時間及工夫織成的高級品。

——更重要的是，看起來好溫暖……！

光是緊緊抱住，就能感覺到柔軟的觸感，令人期待晚上蓋著它入睡。

女神官鄭重道謝，走進剛踏出的房子，將毛毯交給裡面的兩人。

「竟然！」

蜥蜴僧侶用尾巴拍打地板，女神官笑著反手關上門——

「看見了夜之國。」

聽見哥布林殺手的呢喃聲，她反射性停止動作。

「暗與，夜之國。」

白雪紛紛，他站在道路的正中央，茫然仰望天空。

毫不介意白色物體於鐵盔上堆積的模樣，宛如可以一直盯著星星看的孩童。

凝視數不清的光點，一顆顆計算數量，樂在其中的孩童。

「昏暗的森林，灰色的雲，黑色的河，寂寞的風，無盡的山。」

他一個個唸出來，終於轉頭望向女主人（Husfreya）。

「存在於這塊土地的唯有風與雲與夢，狩獵與戰爭，靜寂與黑影……我是這樣聽說的，結果有不少東西。」

「你粉會寫蘇呢。跟蘇倫（詩人）一樣。」

「不是我寫的詩。」

女主人（Husfreya）輕笑出聲，他用一如往常的冷淡語氣否定，搖了下頭。

連女神官都不知道、沒聽過的奇妙詩句。

「好老的詩。」

妖精弓手一副難以言喻的態度低聲說道，她只擠得出一句「是嗎」。

是因為身在異國、身在雪中，還是因為身在夜幕中——

——……為什麼呢？

開始這趟旅程後，她就不時會像這樣，覺得自己格格不入。

「如果不會造成困擾，我想在宴會開始前去港口一趟。」

「啊呀——現在嗎？拿抹，偶也跟各位一起去。」

「不好意思。」妖精弓手在帽子底下咧嘴一笑。「竟然讓領主夫人為我們帶路。」

「免客氣。彼此彼此。」

於是，三人在女主人（Husfreya）的帶領下於雪道上邁步而出。

部落到處都還在散發黑煙，也有許多人在修理崩塌的房子及石牆。

一看到走在路上的女主人（Husfreya），眾人就停止工作，低下頭。

女主人（Husfreya）笑著點頭致意，他們便回頭工作，同時為跟在她後面的三人而感到疑惑。

「他們很仰慕妳呢。」

「因為阿爸去素了，小孩只有偶一個。」

偶又不素紅嬰仔（小嬰兒）。女主人（Husfreya）略顯害臊地看著部落的人們。

「王（Konungr）……」

話講到一半，她急忙改口。

「說素首領（Gothi），也只素自由民（Bondi）滴領導者而已，沒那抹了不起。」

「就算這樣，『大家的寶貝孩子』在為外人帶路，自然會擔心。雖然是多餘的啦。我懂。」

妖精弓手以蘊含親暱之情的語氣調侃道。

上森人故意踢飛堆在路上的雪，說：

「欸，冒險者在這邊是什麼樣的待遇？我連這都不知道。」

「啊呀……」女主人（Husfreya）面露苦笑。「在遮邊都被當成賊仔（小偷）、盜賊。」

「被當成流浪者（Rogue）的意思嗎……」

女神官將凍僵的手指放在脣上，吐著氣點頭。

就是那樣吧。恐怕。雖然女神官沒有實感。

聽說冒險者公會本來就是國家為了管理流氓設立的組織。

也就是說，沒有冒險者公會的話，冒險者就是無業遊民——意即並非「職業」。

這個風氣連在她生長的國家的冒險者身上，都還根深柢固。

什麼事都想拜託冒險者公會處理的人，會遭到輕視。

關於這件事，女神官也沒意見。她認為冒險者就該是那樣。

更何況冒險者公會在我國雖然稱得上歷史悠久，在這個國家可是根本不存在。

冒險者——僅僅是無業遊民。

「素啊。」

女主人（Husfreya）感慨卻委婉地——或許是因為對方是冒險者——點頭肯定。

「以前有個從墓仔埔偷走黃金器物滴大傻仔。」

「龍出現了嗎？」

哥布林殺手表現出強烈的好奇，轉頭直盯著她。

——啊啊，又來了。

不知為何，連這點小動作女神官都會在意，她吐出一口氣。

跟平常的他——不太一樣。不知道是哪裡不同。這讓她覺得很不自在。

「出現了可怕滴東西，聽縮全國都變成火海哩。」

女主人卻並未放在心上，繼續講述往事，彷彿理所當然——確實是理所當然。

女神官吸進冰冷的空氣，以驅散心中不明的黑色情緒。

「龍很可怕呢。」

「種摸講滴跟親眼看過一樣。」

「真的親眼看過。」

女主人睜大眼睛，這可愛的模樣使女神官笑了出來。

她像個要跟人分享珍藏的祕密的小孩，微微挺起胸膛說：

「很可怕，所以我嚇得拔腿就逃了！」

仔細一想，女神官說不定是生平第一次看到這麼正式的港口。
跟湖畔的小碼頭很像。
從岸上延伸至水面的棧橋，以及繫在那裡的幾艘船。
船的形狀也跟在水之都看過的豬牙船(Gondola)相似，會這樣想很正常。

§

「哇……」
不過——重點在於大小不同。
女神官這輩子第一次看到的「船」，是彷彿足以容納百人的巨大豬牙舟。
容納百人當然只是想像，實際上數十人應該就是極限……
好幾根船槳整齊排列在兩舷上，巨大的船桅映入眼簾，令人瞠目結舌。
船上有好幾位蠻族戰士，他們大聲吆喝，將船划向風雪大作的海洋。
女神官想像著小孩子夢想的畫面，又喃喃自語了一次「好壯觀」。
「唔。」
站在旁邊仔細觀察船的哥布林殺手，在鐵盔底下咕噥道。
「實在不簡單。」

「那抹有趣嗎？」

女主人（Husfreya）臉上浮現淡淡的苦笑，站在棧橋上注視那幾艘船。

夜晚格外寒冷，更別說在水邊，可是——

——光是能看見這個……

來到這個地方就值得了。女神官心想。

黑色船影在漆黑如墨的水面上，描繪出模糊的輪廓。

每艘船船首都刻著龍頭，讓人聯想到海龍的巢穴。

女神官對凍僵的手指吹氣，笑著回答：

「是的，非常有趣！雖然有點可惜……」

「對呀。」妖精弓手邊說邊關心帽子底下的耳朵。「如果沒有發生戰爭就好了。」

沒錯。

完好的船比較多，不過有幾艘船上面還插著箭，殘留著火燒的痕跡。

不知道該不該說幸運，沒有損傷嚴重的船隻，但明顯不久前才結束一場戰爭。

如果跟戰士的舊傷一樣，是經年累月的痕跡也就罷了，剛留下的損傷看了實在令人心痛。

「那個，您剛才好像是說有親戚來——」

女神官仍在為文化衝擊感到頭暈，觸摸倒在地上的木材。

上面的傷痕雖然還很新，若是今天留下的，稍嫌有歷史了一點。

女神官感覺到他隔著鐵盔瞥了自己一眼，點點頭。

哥布林殺手問：

「哥布林嗎？」

「你素縮歐爾克嗎？」

女主人（Husfreya）面露疑惑，接著揮手笑道：

「啊呀，種摸會種摸會。歐爾克可素腦子不好使滴愛哭鬼。」

「我想也是。」

「親戚每年都會來，不過今年來得挺早滴，倫又多。」

「喔，難怪。」

妖精弓手點頭說道。若沒按住帽子，她的長耳想必會上下抖動。

「那個人右手受傷了，我就覺得有點奇怪。」

「啊呀，妳發現了？」

「咦。」

女主人（Husfreya）困擾地搔著臉頰，女神官驚訝得忍不住驚呼。

她任由冰冷的海風吹拂金髮，回頭望向妖精弓手。

「他受傷了嗎？」

「我有聞到血腥味，而且他右手一直用外套遮住。說起來，他根本沒上戰場嘛。」

指出國王受傷也不太好，所以我沒講就是了。上森人說得輕描淡寫。

不曉得是拜她的觀察力所賜，還是該說高貴的森人通曉人情世故。

女神官無法分辨，但沒發現傷患是她的疏失。

部落的居民——是叫自由民（Bondi）嗎——是因為他們一副沒事的樣子，她才沒有插手，僅此而已。

——其實。

她應該要立刻走進人群之中，幫忙治療傷勢和復興城鎮。

女主人（Husfreya）大概是發現她擔憂的神情，微笑著說：

「偶老公沒素。他右手滴骨頭會痛。休息一下就會好。」

「骨頭……」

那很嚴重。就算有好好治療，也未必能接回去。

更遑論戰士的手臂，接回去了也未必能跟以往一樣行動自如。

在受傷的當下有蒙神明賜予神蹟的神官在場，這麼幸運的人並不多。

許多冒險者和士兵、傭兵退休的理由，其中之一就是這類型的傷勢。

而且還是在這麼冷的地方——率領這群血氣方剛的人的首領。

「這裡沒有會使用神蹟的神官嗎？」

女神官不安地望向纏在女主人額頭上的布。

傷疤的一角從眼帶底下露出，看得出用眼罩遮住的那隻眼睛受了傷。

「這素獻給嗜虐女神滴。」

女主人若無其事地微笑，接著緩緩搖頭，動作透出幾分寂寥。

「巫女素有滴……但偶老公性子倔，不肯聽話。」

「因為神蹟很珍貴嘛。」上森人擺出一副什麼都懂的態度。「在戰爭途中的話，比起王更該以士兵為重嗎？」

「……雖然那應該不是關乎性命的傷勢。」

女主人一語不發，默默看著海，女神官不知道要跟她說什麼。

最擔心的應該就是她了，外人不該插嘴。

這些為人處世的小細節——看來不夠成熟的她還不明白。

換成她的朋友，在王都大顯身手的女商人或王妹，或許就不一樣了——

「……對不起。」

「無要緊。偶雖然粉擔心，誰叫老公不聽話。」

「是嗎？」

哥布林殺手一口打斷她和女主人沉悶的對話。

他已經大刺刺地在棧橋上四處走動，好奇觀察過——

「……這就是那個起重機(Crane)嗎？」

他站在設置於岸邊的巨大木製高臺前，抬頭緊盯著它。

在黑色的夜空與海洋之間，依然顯得漆黑一片的巨大影子聳立於此。

果然跟女神官想像中的巨大手臂不同。

她覺得那比起手臂，更像龍的長脖子或其他東西。

「跟**大象**的鼻子一樣。」

「**大象**？」

妖精弓手聽不懂她所說的詞彙，面露疑惑，女神官甩手表示沒什麼。

高臺上設有纏著好幾根繩子的機器，推測就是用它來提起、放下貨物。

女神官的讚嘆聲化為白煙，妖精弓手也說：

「凡人想的主意比礦人還奇怪。東西太重抬不動的話，通常不是放棄，就是叫人來幫忙。」

「放棄就無法在這座雪之國生存哩。」

女主人(Husfreya)置身於夜晚的風雪中，瞇眼說道，彷彿那只是一陣秋風。

所謂的文化風俗，是由土地及居民孕育的。

四方世界所有人類共通的文化，想必絕對不可能存在。

在這塊土地上生活的人們，一定過著女神官想像不到的生活。

——所以，一定。

自己之所以這麼驚訝，一定不是因為他們的文化過於獨特，而是正常的反應。

「這就是起重機（Crane）的操作裝置嗎？」

「素滴。」

當然，這個想法與哥布林殺手無關，他的注意力全放在那架機器的機關上。

從起重機（Crane）拉出來的繩子，和設置在棧橋上的巨大裝置連接在一起。

形似石臼的裝置，有點像訓練場會有的大木人。

幾根粗木棒呈放射狀從中心排成一圈。

下方的地面磨損成圓形，應該是要推著這幾根木棒轉動的裝置。

「是讓奴隸推著轉的東西對吧。」

「嗯，素奴隸（Thrall）。」

「這樣繩子就會被捲上去，拉起貨物——」

除此之外，肯定還有讓那臺起重機（Crane）本身轉向的機關。

修理船隻需要大量的人力，這類型的裝置八成會大肆活躍。

現在是晚上，港口只有他們幾個，不過——

果然每件事都令人驚訝。女神官再度心想。

對於住在南方的自己來說，這些人是北狄，但看這座城市，實在不能用蠻族來稱呼他們。

「嗯……」

哥布林殺手毫不在意寒冷及黑暗——就算有星光——走向裝置。

「可以推推看嗎？」

「可以呀。不過……一個倫不簡單喔？」

「我想也是。」

哥布林殺手點頭，握住那臺巨大裝置的木棒，拿出渾身的力量。

當然——裝置晃都不晃一下。

無論身穿骯髒裝備的男人再怎麼使勁、努力，都文風不動。

過沒多久，他從鐵盔的縫隙間吐出一大口白煙，放鬆力道。

「果然推不動。」

「正常啦。」

妖精弓手笑出聲來。

「要獨自推動這種東西，一定要很有力氣才行。」

「是啊。」

積著白雪的鐵盔上下搖晃，掉下來的雪隨風飄舞，於夜色中消散。

© Noboru Kannatuki

「能獨自推動這東西的人，肯定是相當厲害的英傑。」

為何他的語氣聽起來有點高興，女神官不得而知。

§

「好，總之帶著這東西。」

「角……嗎？」

女神官從礦人道士手中接過獸角，好奇地盯著看。

宴會即將開始，因此三人回到了臨時住所。

前往主屋前，礦人道士將乍看之下是號角的東西遞給女神官、妖精弓手、哥布林殺手。

「沒有吹嘴。」

哥布林殺手將它倒過來觀察，喃喃說道。

「杯子嗎？」

「對，還有，劍我放那裡——」

「知道。」

哥布林殺手點頭，腰間少了那把古老的礦人劍。

即使有爐床的火光，靠在長椅旁邊的那把劍，依舊只會發出黯淡的黑鐵光芒。

儘管以一把從遺跡中發掘的劍來說，它並未腐朽也並未生鏽……

「普通的劍。上頭沒有半個法術。做工是不錯，但僅僅是把無銘劍。」

推測是趁三人在外面遊覽的期間鑑定完的礦人道士，如此擔保。

「嚙切丸是不是有點失望？」

「不。」鐵盔左右搖晃。「老師……師父的佩劍也是。對我而言足夠了。」

「這樣啊。」礦人道士彷彿早已料到他的回答，留著鬍鬚的臉上浮現笑容。

「不過，還是把短劍帶上。算是一點小小的禮節。」

「好。」

哥布林殺手點頭。他自不用說，礦人道士身上，也有一把小刀斜斜地配在腰間。

要說禮節的話，理應該把鐵盔和鎧甲也脫掉，但都這個時候了，講這些也只是枉然。

雖然都這個時候了，妖精弓手還是一臉狐疑，扔掉帽子問：

「我姑且問一下，他們不會說那是正確的倒酒方式……拔劍掀起一片腥風血雨吧？」

「森人可能會這樣幹，不過像妳這樣潑人冷水更失禮。」

森人也不會做這種事好不好。她噘起嘴巴，腋下掛著一把黑曜石短劍。

「欸，你動得了嗎？」

「可以，可以。貧僧已經暖和許多，主屋應該也有生火。」

蜥蜴僧侶藉助她的攙扶緩緩起身，爪爪牙尾都佩戴著短劍。

──怎麼辦？

女神官慌張地環視周遭，最後決定握緊錫杖。

「準備好了就走吧。」

「啊，是、是……！」

在哥布林殺手的催促下，她急忙再度打開今天不曉得穿過幾次的大門，來到戶外。

──還沒仔細參觀屋內呢。

她邊想邊跟眾人一同走在不久前也走過的道路上。

只走過一、兩次而已，自然不可能熟悉到哪去，黑夜又會使城鎮的氛圍改變。

要是跟大家走散，不小心迷路，大概會回不去吧。連這樣子的想法都在內心縈繞。

距離沒多遠的主屋的天窗透出的燈光，令人莫名心安，一抵達目的地就鬆了口氣。

「……回程沒問題嗎？」

「？」妖精弓手搖晃長耳，看起來很冷的樣子。「沒問題吧。很近呀。」

——對了。

她經常忘記，這個團隊（Party）中只有自己和哥布林殺手晚上會看不清楚。

女神官覺得有點難為情，移開視線，旁邊的妖精弓手微微板起臉。

她的表情像在苦笑，彷彿看見什麼耀眼之物，長耳再度晃了下。

「怎麼了嗎？」

「沒事，妳馬上就會知道。」

「————？」

女神官一頭霧水，礦人道士似乎意會到了，捻起鬍鬚。

哥布林殺手完全沒有把他們的對話放在心上，叩響大門。

「請進。」

從中傳來的，是那位首領（Gothi）的聲音。不過還有其他聲音。

推開厚重的木門，很快就明白了。

如今，勇士清楚看見了自身的仇敵，立於祭壇之上的受詛咒者

然而，他無從得知，再銳利的刀刃都無法觸及高舉著雙頭蛇的大帝

四方世界的勝利之劍，在這位窮凶惡極之人的法術面前顯得毫無用武之地

大帝說
是我點燃了你的憎惡之火
是我鍛鍊出你的一身武藝
你想殺死你第二個父親嗎

勇士勃然大怒，拔出自身的愛劍
取自塚山，古老的王之佩劍，乃經過千錘百鍊的鋼刃
邪惡卻嗤之以鼻
擊碎應死之人的鐵盔鎧甲的那把劍，也碰不到我的喉嚨
只要你身上附有我所使用的法術，連骰子都不用扔
我解開了鋼的祕密

然而，注意啊
勇士依靠的並非武器
鋼之祕密並非臂力

鍛冶神的恩賜　乃永不熄滅的勇氣之火

大帝無從得知
星之御桌前的諸神擲出了骰子，以決定戰爭的結果
因為祂們知道，若不這麼做，這位勇士將畢生不再祈禱

可畏的大帝因從未嘗過的劇痛而哀號
戰士的太刀緊咬著不共戴天之敵不放
黑鐵劍刃擊碎骨頭，奏響勝利的凱歌，勇士砍下了那顆首級

來吧，靜心聆聽吧
那位偉大國王的傳說
流傳至千年後的功績

那個人來自北方的盡頭，暗夜與影之國
曾為奴隸，曾為戰士，曾為盜賊，曾為傭兵，曾為將軍
是蹂躪眾多王座的王

王啊
賭上您的名譽，任何人都會敗退於您的劍刃前
王啊，吾等將為您的祝福祈禱

「……哇。」

那是一首武勳歌（Saga）。從未聽過，已經被人遺忘的古老詩歌。

描述無依無靠的流浪漢如何站上四方世界頂點的偉大故事。

沒有用來演奏旋律的樂器，單純由人們的歌聲譜出的英雄功績。

身上還帶著新傷的男人們，坐在長屋的爐床旁邊的長椅上，放聲高歌。

爐床上當然烤著疑似野豬的巨大獸肉，油脂滋滋作響。

主菜不只那塊肉，還有用鯡魚、鱈魚等魚類加入洋蔥和香草煮成的魚湯。

除此之外，桌上放著蘋果、胡桃、莓果等水果，以及扁平的麥麩麵包。

正是異國的宴會。

「喔喔，歡迎。來來，請坐請坐！」

首領（Gothi）坐在中央的上座上，隨侍在右側的女主人（Husfreya）露出燦爛的笑容向一行人招手。

仔細一看，只有首領對面，另一側的上座空在那邊。

既然如此——那裡就是他們的座位吧。

「是剛才也坐過的地方。」

「——」

妖精弓手輕聲說道，哥布林殺手一語不發。

聽著由男人所唱的武勳歌，他僅僅是杵在原地。

「你在幹麼？」

「……是上座吧。」

妖精弓手鼓起臉頰，哥布林殺手的鐵盔終於搖晃。

「國王的客人。」

接著，他毫不猶豫，大步走進人群之中。

有位身穿鎧甲的男人出現在宴會上，北方人們似乎也吃了一驚。

他們面面相覷，交頭接耳，仔細盯著他看——

不過，最後他們似乎得出了「外地人就是這樣」的結論。

女神官連忙跟上時，氣氛已經穩定下來，礦人道士則非常習慣。

蜥蜴僧侶說了聲「失禮」，縮起身子，妖精弓手靈活地從人群間穿過——

「……請、請多關照……？」

「嗯。」

回過神時，女神官占據了坐在上座的哥布林殺手旁邊的位子。

她對此並無不滿，但他們可是在這樣的宴會上被當成主客。

——好、好不習慣……！

為何同伴們有辦法這麼坦蕩蕩的？女神官深感疑惑。

「那麼，客人。」

「啊，是……！」

這時，首領（Gothi）忽然和他們搭話，女神官急忙將注意力拉回來。

他仍然用外套遮住右臂，這副模樣看起來卻愜意得像在休息。

女神官想到剛才在擔心的女主人（Husfreya），覺得或許該說些什麼，正準備開口——

「——」

看見女主人（Husfreya）悄悄搖頭，她便將尚未說出口的話語吞回腹中。

「有帶杯子來嗎？」

「杯子……啊。」

女神官低頭望向不久前礦人道士遞給她，跟錫杖一起帶過來的角杯。

「有、有的……！」

「那就好。這個地方的風俗是大家都會自己準備杯子。」

相貌如狼般精悍的男子，溫柔地瞇起眼睛，彷彿看到了溫馨的畫面。

「那麼，來人為客人——啊……。」

「老公滴意思素，會當幫人客提酒醂無（可以幫客人拿酒來嗎）？」

緊貼在他右側的女主人（Husfreya），接在首領（Gothi）後面自然地下達指示。

明明連坐在對面的女神官，都沒發現首領（Gothi）不知道該如何用這個國家的語言表達。

「蜂蜜酒（Mead）、麥酒（Beoir），還有斯丘魯。要哪種？」

「啊、好、好的……」

他們還沒說話，就有人拿了好幾個酒壺放到面前。

是一名肌肉發達的北方人男子，白天或許也看過這個人，但女神官不認得。

女神官雙手拿著角杯，不知所措，哥布林殺手「嗯」了一聲。

「聽說還有蘋果酒。」

「蘋果酒（Epli）啊。來，杯子給偶。」

「好。」

蘋果酒從酒壺倒出，倒滿哥布林殺手遞出的角杯。

仔細一想，角杯的底部是尖的。這樣非得喝光才能放下杯子。

「小姐要喝啥？」

「那、那個……」

女神官發現這件事，努力思考該如何是好。

她沒去注意過自己酒量好不好，但她想避免在這種場合出糗。

雖說是視察，加深情誼才是本來的委託……

「那個，請問斯丘魯是什麼……？」

「山羊奶。」

「那麻煩給我那個！」

女神官激動地說，北方人男子嚴肅的神情放鬆下來。

他用那張將長鬍鬚編成辮子，如同一顆掉在地上的巨石的臉，露出礦人般的笑容。

看著黏稠的白色飲料倒進杯子，女神官也不禁回以微笑。

「呣……」

蜥蜴僧侶在旁邊看著兩人的互動，不禁發出聲音，嚥下一口唾液。

他坐立不安地轉動長脖子，等待酒壺送到自己面前——

「來，蜂蜜酒（Mead）。」

「呣、呣、呣……！」

北方人男子不由分說地將蜂蜜酒倒滿角杯，他的眼珠子轉了一圈。

「唔，貧僧——」

「哦，不喝偶們滴酒嗎？」

宴會的喧囂聲戛然而止。

在蜥蜴僧侶對面幫他倒蜂蜜酒的，是臉上纏著繃帶的戰士。

他用滲出暗紅色血跡的臉瞪著蜥蜴人猙獰的面貌，毫不畏懼。

周圍的人似乎也在注意男子的動向。

並非出於困惑或恐懼，而是一副覺得在宴會上拔刀極其正常的態度。

或許是因為天性，蜥蜴僧侶也燃起鬥志，露出利牙——

「借我一下。」

上森人優雅地拿走那個角杯，動作比包含首領（Gothi）、女主人（Husfreya）、女神官在內的任何人都還要快。

森人公主沒有將凡人散發出的危險氣息放在心上，拿起角杯嗅了嗅，展露微笑。

「嗯，很乾淨。你們用的蜂蜜品質不錯嘛。我喜歡。」

「唔……唔……」

不曉得是因為困惑還是羞恥，臉上綁繃帶的北方人錯愕地發出含糊不清的聲音。

「這、這酒不夠格給精靈小姐喝哩……」

「沒關係啦。我要喝這個。他就——那是叫斯丘魯嗎？給他那個喝。」

「明白。」

北方人低下頭，將裝了山羊奶的酒壺遞給蜥蜴僧侶，倒滿角杯。

「唔，唔。感激不盡……！」

「早說咩。在那邊假鬼假怪（裝模作樣）。」

男人拍打蜥蜴僧侶的手的動作，瞬間變得很有親切感。

氣氛早就——在妖精弓手出面的瞬間緩和下來，緊張感消失殆盡。

因身旁的騷動繃緊身子的女神官，也為此鬆了口氣。

她偷偷看向女主人（Husfreya），跟表情與自己相似的她四目相交，忍不住輕笑。

「今羨慕。素精靈族滴姑娘哩。」

「素啊，永遠素個年輕水某。」

「……咦？」

女神官對於兩位北方人聊得不亦樂乎的話題感到疑惑，眨眨眼睛。

當然，她並不知道那個詞是什麼意思。不過——

仔細一看，到處都有讓身旁的女性幫忙擋酒的男性。

從剛才由緊張瞬間轉為輕鬆的氣氛判斷，這八成也是稀鬆平常之事。

喝酒才符合禮節，若喝不了酒，好像可以請女性幫忙。

這樣的話，能允許這種行為的男女關係是——

「啊，啊…………！」

沒有喝酒，女神官卻覺得臉頰發熱，下意識抓住年長友人的袖子。

「沒、沒關係嗎……!?」

「？」上森人因蜂蜜的香氣愉悅地瞇起眼睛，擺動長耳。「什麼東西？」

相當不以為意的反應。

聽不聽得懂都能理解其含意的詞彙。女神官紅著臉，目光左右游移。

蜥蜴僧侶滿心期待著享用角杯裡的山羊奶，置身事外。哥布林殺手靠不住。

女神官無助地望向礦人道士，他甩甩手，叫她別多管閒事。

——他是想看熱鬧吧。

女神官瞇眼瞪著他，意識到礦人道士八成不會察覺，嘆了口氣。

她仰望挑高的天花板，朗誦地母神之名，決定微笑以對。

「沒事，沒什麼。」

「是嗎？」

年長友人納悶地歪過頭，接著興奮地說「看，要開始了」。

——嗯，現在還是。

別胡思亂想，難得受邀參加這場宴會，只要專心享受就行了。

確認每個人手上都拿著酒，首領(Gothi)在女神官對面緩緩起身。

© Noboru Kannatuki

若是女神官所知的王侯貴族，這種時候應該會滔滔不絕——

但這裡是異國。首領(Gothi)只說了一句話。

「——敬同胞與朋友！」

右側是女主人(Husfreya)，左手舉起角杯，聽見這句話，家臣們放聲歡呼。

「敬漫長滴白天和舒適滴夜晚！」

「敬夜之母賞賜滴千辛萬苦及戰功！」

「敬和平！」

北方居民接連吶喊，女神官急忙跟著喊道：「敬、敬和平！」

然後高舉角杯——宴會(Drekka)開始了。

§

關於宴會，沒有什麼值得大書特書的，但有無數件事情值得描述。

總而言之，又吵又熱鬧——該這麼形容吧。

首先讓女神官頭痛的是用餐方式。因為餐桌上沒有盤子以外的餐具。

本以為是要用手拿著吃，看見眾人紛紛拿出自己的小刀開始用餐，她才恍然大悟。

出門時別忘記帶。她隨身攜帶冒險者套件附的小刀，順利度過危機。

扁麵包、烤豬肉、魚肉的味道都比想像中清爽，十分美味。

不過湯裡加了大量的洋蔥及香草，她被那個味道嚇了一跳。

據說是靠交易維生的北方人，駕船從世界各地帶回來的藥草和香草。

礦人道士的酒量女神官也見識過，在北方人眼中好像也是酒豪等級的。

他把滿滿一杯酒當成水，一杯接一杯灌下去的模樣，令眾人歡呼出聲。

在宴會的喧囂聲中，蜥蜴僧侶唱起祖先代代相傳的戰歌。

消滅巨人、討伐巨龍、娶拿著受詛咒的劍的女詩人為妻，黑鱗豪傑的功績。

女神官看過沙漠的舞蹈，也在妖精弓手的村落聽詩人說過這個故事。

然而，說故事的人不同，語調也會不同。

那位鳥人舞者的舞姿令人痛心，站在詩人的角度來看則是一個浪漫（Romance）的故事。

藉由蜥蜴僧侶之口編織出的故事，是只憑一把大金棒前往曠野的大蜥蜴勝利的凱歌。

為了獻上值得讓心愛女性歌唱的英勇事蹟，朝著整排的怪物勇往直前。

從那宛如龍之吐息的純情來看，這果然是個浪漫（Romance）的故事也說不定。

無論如何，對北方人而言肯定是稀奇的故事。

跟女神官不熟悉那位豪傑的英雄傳奇一樣。

「嘿，沒有你滴豐功偉業嗎？」

這時，有人這樣詢問哥布林殺手，可以說理所當然。

「我沒有戰功。」

他大口喝著蘋果酒，在女神官插嘴前點頭回答。

「雖然有在剿滅小鬼。」

「歐爾克啊。那東西可弱得哩，數量多罷了。」

「他們就只會使詐。」

「我同意。」

鐵盔上下搖晃。

「遮抹多倫一起對付他們，只會纏跤絆手（礙手礙腳）。」

「的確。」

鐵盔再次上下搖晃。

「殺了多少？」

「……」

哥布林殺手沉默不語，瞪著空中。面色嚴肅，看起來在思考。

「有一次，同時對付了百隻左右。」

北方人們哄堂大笑。不帶惡意，看起來很愉快。

——那是我也不知道的故事。

未來會不會有機會聽他提到？他會告訴她嗎？現在可以問嗎？

女神官邊想邊雙手握著角杯，小口啜飲裡面的飲料。

酸酸甜甜的，味道很神奇，舌頭感覺到的觸感，大概可以用美味形容。

難怪蜥蜴僧侶會甩著尾巴大喊甘露……

「說起來，你們知道我老婆在王都被人叫做什麼嗎？」

在她思考之時，對面的首領聊得很起勁，已經換了個話題。

錯失時機的女神官困惑地左顧右盼，北方人們都帶著有點尷尬的笑容。

若要用一句話形容，大概是「又來囉」的意思。

「獨眼巨熊喔，不敢相信對吧!?」

「這、這樣呀……」

首領將拳頭連同角杯一起砸在桌上，看他如此激動，女神官只能頻頻點頭。

聽說寒冷的地區普遍喜歡喝烈酒——首領卻滿臉通紅，因酒意而兩眼發直。

「那些傢伙就是因為沒來過這個地方，才講得出那種話。」

用這種與平民無異的態度示人，也不會受到譴責，或許是因為這個地方的風氣——

「雖然被困在了北方，我老婆是四方世界最可愛的……！」

——不對，是因為大家都同樣喜歡那個人吧……

他的態度過於光明正大，連不是當事人的女神官都覺得臉頰發燙。

「哈哈哈哈，在老婆面前，首領（Gothi）也偷不了蜜哩！」

「蜜？」

面露疑惑的是跟女神官因為截然不同的原因臉紅的妖精弓手。

她手中的蜂蜜酒，不曉得是第幾杯了。

瞧她不停小口喝著，肯定很中意。

「素啊，首領（Gothi）試婚時，跟長滴像蜜蜂滴孽物（魔神）打過一架。」

「試婚？」

「拜堂（婚禮）前要先去老婆那住。」

「然後跟那隻蜂比了場相偃（相撲），把他滴手臂折斷咧。」

同胞們得意洋洋，首領（Gothi）臉上帶著淡淡的苦笑，冷靜地聳肩。

「對方不用劍我卻用劍的話，誰輸誰贏還需要看嗎？」

「哦——那還真厲害。」

妖精弓手笑著說道，不曉得她究竟聽懂了多少。

——不如說，這真的很厲害吧……？

女神官為那些陌生的詞彙感到疑惑，選擇先喝光角杯裡的山羊奶。

然後把杯子放到桌上，說了句「不好意思，我離開一下」，起身離席。

她好奇在這場騷動開始前離開的女主人(Husfreya)去了哪裡——

§

「呼……」

女神官聽著身後熱鬧的喧囂聲，走出主屋，從蜂擁的人潮中得到解放，忍不住吁出一口氣。

猛烈的寒風吹在僅僅是因為人多就泛紅的臉頰跟微微出汗的身體上，相當舒適。

——這……

隱約可以理解想喝酒的心情了。

她在明明是晚上，不知為何卻有亮光的戶外踩著雪前進。

是拜星光所賜，還是雙月的月光？女神官很快就找到了女主人(Husfreya)。

因為她在推測是要前往宴會會場的足跡中，看見唯一一道通往其他方向的足跡。

——就算不是獵兵，這點程度我也……

看得出來。若是清楚得一目了然的足跡，她甚至能判斷是不是小鬼。

主屋後面，還看得見燈光、聽得見人聲的部落外。

置身於點點雪光中的女主人(Husfreya)，因逐漸接近的腳步聲而回過頭，瞇起那隻獨眼。

「啊呀，要歇睏(休息)了？」

「不。」女神官回以微笑，搖頭說道。「出來透透氣。」

她站到她旁邊，吐出一口氣。白煙飄向上空。

「今天真的很感謝各位。剛結束一場戰爭，還招待我們野豬之類的大餐……」

「宴會(Drekka)每次都會舉辦。招待倫也素應該滴。」

即使仇敵來訪，只要是旅人就該迎接人家，這樣才有度量——她是這個意思。

看見那理所當然的態度，女神官只有「真了不起」這個平凡的感想。

迎接對方的那一方既然有那個度量，尋仇的那一方自然也不會客氣。

仇敵之間沒有互相原諒，而是在測試彼此器量的模樣……實在難以言喻。

看見女神官錯愕的表情，女主人(Husfreya)搖搖頭，彷彿看穿了一切。

「老公又開始了對唄？」

「啊、啊哈哈……」

女神官假裝沒聽見女主人(Husfreya)嘟囔了句「那個傻仔」，也假裝沒注意到她泛紅的臉頰。

該說什麼？她知道自己想說什麼，卻想不到該如何表達。

——不過，嗯。

她想說的，大概只有簡單的一句話。

「……真是位好丈夫呢？」

「嗯……」

女主人(Husfreya)點了下頭，簡短回答，然後輕輕撫摸掛在腰間的鑰匙串。

這個動作如同一個小女孩，搞不好她的年紀跟女神官不會差太多。

「明明看到偶這張臉，受不了退定(悔婚)也粉正常。」

「我覺得您很美呀？」

「騙倫。」

「是真的。」

女神官輕笑出聲，雖然她的笑聲也變成了白煙。

「水之都……呃，我住的地方的大城市，那裡的大主教(Archbishop)也是。」

眼睛。女神官暗示後，斬釘截鐵地對女主人(Husfreya)斷言。

「她是一位非常美麗的人……所以，我覺得您也很美。」

「…………素嗎？」

「是的。」

「素嗎……」

女主人（Husfreya）感慨地吐氣。那口氣混入女神官呼出的白煙，與之交纏，於空中舞動。

「……四方素界真大呢？」

「是的，非常大……非常大。」

——真的。

女神官本來以為這裡就是世界的盡頭。

以為跨越高聳入雲的岩山，踏進從未見過的山峰另一邊，就是盡頭。

然而並非如此。

這個地方的居民和住在更北邊的人有交流，像這樣生活著。

雖然他們的交流方式粗暴到女神官無法想像。

東方沙漠的另一邊，肯定也還有遼闊的世界。

南方樹海的對面，想必也有許多從未見過的事物。

連自己居住的西方邊境，更西方有什麼東西，她都不得而知。

世界、人類，一切都是。

許多人已經遺忘的國度（Forgotten Realms）的故事，也多不勝數。

像女神官自己也沒聽過那位英傑的事蹟。

她肯定沒辦法斷言「不會有錯」——沒辦法估算價值。

誰都一樣。

在這個瞬間，那就已經成了無可取代的可貴之物。

——啊啊，原來如此。

女神官察覺到至今以來一直盤踞在心中的黑色迷霧是什麼了。

一定是在踏上這段旅程前，從舉辦那場迷宮探險競技的時候開始，就在內心萌芽的情緒。

她不知道。

那個人(哥布林殺手)會露出那種表情——更正，會像那樣表露出情感。

對她來說，他是值得尊敬的人，毫無缺陷、做事果斷，是已臻完美的先進。

他很少表現出憤怒。經常冷靜沉著。她是這麼想的。

然而並非如此。

他想來這個地方——儘管女神官不知道理由。

會嚮往，也會期望。會期待，會樂在其中。

啊啊，怎麼會這樣。明明專殺小鬼之人，絕對不是只會殺小鬼的人！

「……呵、呵呵。」

「種摸了？」

「沒有……沒什麼。」

女神官輕輕拭去隨著笑意滲出眼角的淚水，金髮在夜風的吹拂下搖曳。

「只是覺得自己很多事不知道。必須更努力才行。」

「素啊……啊，偶跟妳縮。」

女主人（Husfreya）突然呼喚她，女神官轉頭詢問「請問有什麼事嗎？」。

她那比雪更加白皙的肌膚染上薔薇色，臉上浮現笑容，彷彿要做個特大號的惡作劇。

「從天而降滴……」

她做了個深呼吸。

「從天而降的雨，皆費盡素……」

她清了下喉嚨。

「……從天，而降的，雨，皆會，盡數，回歸，大海……吧！」（The rain in plain stays mainly in the marine）

「哇……！」

女神官不禁鼓掌讚嘆。

笨拙、僵硬、稚嫩、生澀——啊啊，不過。

「說出來了……！很標準！」

「太好了……！」

她覺得自豪地握緊拳頭的女主人（Husfreya）很可愛，不由得牽起她的手。

小小的手上布滿傷痕，粗糙又不平滑——

——啊啊，好美的手。

她如此心想，輕輕將她的手包覆住，女主人(Husfreya)害羞得目光游移。

「還縮滴不夠好。請跟偶老公保密喔？」

「您在練習嗎……!?」

「老公無論如何都想帶偶去王都。」

總不能丟他滴臉。

她的想法肯定跟首領(Gothi)一模一樣——卻又截然不同。

因為那名年輕的北方領主，肯定將她視為我的女神(My Fair Lady)。

「……您和您的丈夫都是很棒的人。」

「嗯……」

之後，在女主人(Husfreya)的邀請下，女神官和她一起洗了澡。

她說今天是「入浴日」，就算發生戰爭都一定要洗澡。

是把水淋在用火爐加熱過的浴槽神石像上的蒸氣浴，熟悉的設計。

特別的是沖水時使用的是會起泡的水，女神官驚訝得忍不住尖叫。

女主人(Husfreya)見狀笑出聲來，不過她也對鍊甲投以疑惑的眼神，可謂彼此彼此。

不如說，女主人(Husfreya)自己也小心地將鑰匙串帶進浴室，所以沒資格說她。

手。

女神官有發現參加宴會的女性腰間全掛著鑰匙，也察覺到了其中的意義。

神祕的微光照亮女主人（Husfreya）雪白的身軀，上頭浮現透明的紋路。

穿過被眼罩蓋住的眼睛，深深扎根於心臟及手臂前端的白色大樹。

沒錯，那個紋路有如一棵向外伸展枝葉的大樹，讓人覺得並非出自於人類之手。

女神官下意識盯著它看，女主人（Husfreya）彷彿把它當成寶貴的痕跡，指向那道傷痕。

「嗯，這素神明滴恩賜。」

小時候蒙受的，嗜虐神給予的傷痕。

天之火灼燒她的身體，於其上刻下傷痕，奪走那隻眼睛。

想必是女神官無法想像的巨大痛苦。

不過，與此同時——

——正因如此，她才遇到了最愛的人。

無論是「宿命」還是「偶然」，天上的諸神擲出骰子。編織故事。

要如何走在那條道路上，端看人們的自由意志。

倘若她遇見的那個人不想與她同在，肯定不會演變成現在這樣的關係。

就跟她遇見的那個人，願意伸手拯救踏進小鬼巢穴的新人一樣。

四方世界真的是——充滿連諸神都想不到的事件。

© Noboru Kannatuki

「偶明白，正因為有難受滴素，好素才會值得珍惜。」

「那是嗜虐女神的教義……」

「素滴。」

一定是因為女神官是異邦人，才會覺得這塊土地很棒。

在宴會上，她也受到眾人的盛情款待。每個人都很親切——至少有意願接納他們。

有迎接旅人的文化，準備了料理，還借地方給他們住，很溫暖。

因此，可是，要在這邊生活——肯定是另外一回事。

天氣嚴寒，海面翻騰，會發生戰爭，白天光線不足——被黑影籠罩的國家。

會下雪，地面堅硬，浪濤洶湧，為了獲取每日所需的糧食，不曉得該有多辛苦。

居民性格粗暴，見血乃家常便飯，面對爭鬥毫不猶豫。

——然而……

她覺得這是個好地方。

覺得他們是很棒的人。

那絕非謊言。

「瞧。」

「……啊……！」

女主人(Husfreya)指向浴室天窗外的夜空。

虹色的簾幕於空中飄揚……

第4章 『王座之戰(Game of Throne)』

Goblin Slayer
He does not let anyone roll the dice.

「我想送首領(Gothi)禮物！」

一行人的視線直接刺在雙手握拳、幹勁十足的女神官身上。

事情發生在隔天早上，他們受邀至主屋吃早餐的時候。

女主人(Husfreya)無法理解她的意思，眨了下眼睛，首領(Gothi)則停下正在用餐的手望向她，詢問她的意圖。

「抱歉，我想應該不是我聽錯，不過可以小聲一點嗎……」

「我想送首領(Gothi)禮物。」

或許是因為俗話說「宿醉的痛苦也是酒的樂趣之一」，連上森人(High Elf)都無法自酒精的毒素下逃離。

至少必定遵守自己曾經說過的話的她，肯定也為酒造神所愛著。

妖精(Elf)弓手愁眉苦臉地呻吟，喝著熱開水，點頭簡短咕噥了句「是嗎」。

她慢慢嚼著烤過的扁麵包，似乎很喜歡。

「好像從來沒聽妳說過……」

「是的，因為剛才是我第一次提到這件事。」

妖精弓手對小鬼殺手的鐵盔投以疑惑的目光。

哥布林殺手歪過頭，彷彿在問「什麼事」。

妖精弓手仰天長嘆。透過薄皮製的天窗，可以看見模糊的朝陽。

「雖說是這邊的文化，人家那麼熱情地招待我們，不做點回報實在有點……」

女神官以自然的語氣仔細陳述冠冕堂皇的藉口。

說是藉口，其實也不全是騙人的。

無償的善意固然寶貴，但她早已學到，凡事都是有理由比較容易被人接受。

——像這樣說明原因，他們一定不會拒絕……！

雖然她好像還沒意識到，這個事實證明了她的成長。

「沒關係吧。」

因此，哥布林殺手點頭時，她鬆了口氣。

「至少吃住方面，受到他們的關照。」

「交易神也推崇公平的交易。這個地方基於猛烈的寒風，也深得那位神明的恩寵。」

礦人道士（Dwarf）喝著解醉酒——並不是，他跟平常一樣享用著蜂蜜酒，一臉得意。

「首領(Gothi)也和礦人(咱們)打過交道，很清楚這個道理吧。」

「哈哈哈，但我提供各位吃住，當然不是為了謝禮。」

首領(Gothi)大笑著說。

只要是客人，誰都會歡迎——這並不罕見。

這是最能彰顯家主、領主度量的證據。

打扮寒酸的旅人是神之使者，拒絕他的人將大難臨頭，歡迎他的人將得到幸福——

類似的故事不足為奇，簡單地說，就是一個教訓。

連接納乞求借宿一晚的人的心力都沒有，遲早會沒落。

至於拒絕使者是先還是後，就另當別論了。因果有時會先於現象而生。

聽說世上還存在擁有「只要是被敵人追捕的人，無論是誰都要保護」這個風俗的村莊。

若只以財物來回報這份恩情，無異於輕視外地的文化風俗。

「是的，所以這不是謝禮，而是給您的禮物。」

女神官露出笑容，也不知道有沒有顧慮這麼多。

「那麼，神官小姐所說的禮物是？」

一名優秀的僧侶不能只是信仰虔誠，還必須擁有足以向人說法的口才。

品德高尚的蜥蜴(Lizardman)僧侶愉悅地轉動眼珠子，女神官點頭回答。
「是，若您不介意，我想為首領(Gothi)向地母神祈禱治癒的神蹟。」
「哦。」
「啊呀。」
首領(Gothi)和女主人(Husfreya)異口同聲。
首領(Gothi)一副「被發現了嗎」的態度，從那語帶佩服的聲音可以判斷，他完全沒懷疑過是女主人(Husfreya)或其他人透露的。
女主人(Husfreya)的語氣則難以形容，像困惑有了實體一樣。
沒被眼罩遮住的獨眼，忙碌地在丈夫和女神官身上看來看去。
不過，女主人(Husfreya)並沒有插嘴，而是內斂地選擇沉默，抿緊雙唇。
「我的右手確實會痛，奇蹟在戰鬥途中又很珍貴。我求之不得。」
首領(Gothi)斜眼瞄了下右手，愉快地揚起嘴角。
「而且不是『對我祈禱』而是『為我祈禱』嗎？」
「因為……地母神的教義是保護、治癒、拯救。」
女神官也收起剛才的笑容點頭，表示理解。
看見她的表情，首領(Gothi)吁出一口氣，死心地搖頭。
「客人都這麼說了，我也不能意氣用事啊。」

他輕輕將一直用外套蓋住的右臂，放在上座的扶手上。

從上臂到手腕都裹著微微滲出鮮血的繃帶，令人不忍卒睹——然而。

那絕不代表他的傷口一直放著沒有處理。

嶄新的亞麻布繃帶仔細地纏好，打了牢固的結。

為了止血，綁緊繃帶很重要，但綁太緊的話軀幹前端會壞死。

聽說信仰嗜虐神的地方，有許多把傷口切得更大的不明治療法——

——包紮得很用心呢。

一想到是誰為他包紮的，女神官心裡就自然流過一股暖流。

首領（Gothi）接下來這句話，證明了女神官的推測是正確的。

「夫人……不，老婆，幫偶瞧瞧手上滴傷。」

「啊呀。」

女主人（Husfreya）眨了下獨眼。首領（Gothi）故意嘆了口氣。

「因為拜託其他倫，妳馬上就會起性地（發脾氣）。」

「沒、沒這回素……！」

白雪般的美麗臉頰瞬間染成薔薇色，她發出少女般的聲音。

吃早餐的時候看見這對夫婦恩愛的模樣，有點讓人吃不下飯。

雖然感情好是好事，冒險者們——除了女神官和小鬼殺手——紛紛交換尷尬的視線。

兩人當然不會不明白其中的意思。

女主人（Husfreya）急忙端正坐姿，旁邊的首領（Gothi）輕咳一聲。

「還有，把人客帶到俘虜那邊。」

「嗯。」女主人（Husfreya）因羞恥而低下頭，那微弱的聲音推測是承諾的意思。

首領（Gothi）滿意地向她點頭，直視女神官的雙眼。

「降下神蹟治療完畢後，得跟俘虜問話。沒問題嗎？」

「是的，那當然！」

女神官當然盡全力挺起那平坦的胸部，信心十足地答應。

如此便告一段落。

早餐時間突然提出的議題平安得出結論，眾人重新開始用餐。

妖精弓手小口舔著杯中——跟昨晚不同，是普通的杯子——的熱開水，瞇起眼睛。

「……妳很熟練嘛。」

「會嗎？」

女神官不是在害羞也不是在謙虛，小聲回以純粹的疑惑。

「那就好……」

「我們根本沒有插嘴的餘地。」

對不對？妖精弓手詢問其他人的語氣，實在很愉快。

或許是因為熱開水的溫度，終於滲透到了五臟六腑。

抑或是身為年長者，在為這名忘年之交的成長感到喜悅。

「是啊。」

以短短一句話附和的，是在這個場合依然戴著鐵盔的哥布林殺手。

然後，他像要分享對料理的感想般，簡短咕噥道：

「不壞。」

「我會不會太自作主張了……？」

「不。」他接著說：「剛才我也說過，沒關係吧。」

哥布林殺手將烤麵包從鐵盔的縫隙間塞進口中，慢慢咀嚼，喝了口疑似用魚骨煮成的湯。

「既然是妳思考過後決定的事，就不會有問題。」

「……是！」

女神官點頭，有種坐在身旁的男人說的話為她擔保了一切的感覺。

無論何時，想做些什麼的時候，光憑自己一個人是不會知道成功與否的。

除非有人——值得信賴的人認同，否則她實在不覺得這樣就能成功。

她總算鬆了口氣，早上剛睡醒時特有的空腹感瞬間襲來。

身為花樣年華的少女，她不希望被人聽見肚子叫的聲音，把手放在肚臍上，輕輕按下去。

仔細一看，烤麵包和碗裡的水果、魚湯，看起來都非常美味。

風味一定跟他們住的邊境不同。

想到昨晚在宴會上嘗到的料理——肚子都快叫出聲了。

「哎，在那之前。」

最後，一直默默吃著飯的礦人道士正經地開口。

他宛如看穿世間一切的賢者，講出四方世界的真理之一。

「得先填飽肚子。」

蜥蜴僧侶也大口喝光整杯的山羊奶，大喊「甘露！」用尾巴拍打地板。

§

「『慈悲為懷的地母神呀，請以您的御手撫平此人的傷痛』。」

「嘿，慢慢不痛哩……！」

女神官放在傷口上的手亮起微光，地母神治癒的手指撫過俘虜的傷口。

這名俘虜是那個臉上纏著繃帶，在酒席上瞪著蜥蜴僧侶的男子。
他也有分到自己的房間，受邀參加宴會，待遇比起俘虜，更接近客人。
男子愜意地在女主人帶領他們來到的家中休息的模樣，令人不禁苦笑。
女神官決定不去深思，當成這也是一種文化差異，然而——
「害偶嚇一趒，竟然逼偶遠離喜悅的原野。」
那豪邁的笑容沒有半點死亡的氣息，女神官為此感到欣喜萬分。
「戰女神說，在你前方還有顯赫的功績呢。」
「得再加把勁哩。」
不過，這個地方的人傾向於自己衝向死亡的深淵。
——想怎麼死和想怎麼生存是相關的……
既然對方積極地想要結束生命，身為地母神的信徒也不會反對。
保護、治癒、拯救。只要自身的原則沒有動搖，該做的事就不會改變。
「那抹，你們為啥摸來滴那抹突然？」
等到終於能稍事休息時，女主人靜靜上前，開口詢問。
女神官之前問過「沒問題嗎？」得到的答案是「這是嗜虐神巫女的職責」。
聽說嗜虐神的巫女會治療傷勢，同時也是負責折磨俘虜的拷問員。
她知道珍惜傷口帶來的疼痛、活著的喜悅，是嗜虐女神的教誨。

知道歸知道……

——我們在場沒問題嗎……？

女神官斜眼看著女主人（Husfreya）拿出分不清是手術刀還是刑具的駭人用具。

她有點不為所動，說不定她的感覺也開始麻痺了。

「喔喔，女主人（Husfreya）啊。在這邊使性地（意氣用事）也沒用，就跟妳說了唄。」

臉上帶傷的俘虜是這麼說的。

他們其實也沒有打算突然去娶妻。

這個地方並不反對以娶妻為由襲擊其他部落，大鬧一場、掠奪財物。

但這是另一回事，他們並未因此輕視正式的婚約。

兩人互相起誓，以麥酒（Beoir）交杯，於一年後為新娘取下除魔的頭紗。

這樣的婚禮儀式，不可能不受到重視。

「可素戰爭太頻繁哩。」

「想舉辦婚宴，也得有那個資源吶。」

蜥蜴僧侶上下擺動長脖子，表示強烈的贊同。妖精弓手懷疑地看著他。

「咦咦……？」

「貧僧以為獵兵小姐也中意華麗的婚禮。」

「是沒錯。」

「若無法準備一場盛大的婚宴，就讓強大的男性直接將妻子擄走。」

「無毋著（沒錯）！」

「然也，然也。」

臉上帶傷的男子和蜥蜴僧侶，愉快地頻頻點頭。

妖精弓手望向礦人道士與女神官求助，但她又能說什麼呢？

「……啊哈哈。」

「包容心也很重要喔，長耳朵的。」

礦人道士直截了當地說，旁邊的女神官則以五味雜陳的笑容蒙混過去。

想到之前在宴會上的對話，她覺得自己不能隨便開口。

「可素。」

更重要的是，現在的正題當然不是妖精弓手和蜥蜴僧侶的關係。

女主人（Husfreya）語氣嚴肅，好讓氣氛恢復緊張。

「偶在集會（Thing）上沒聽縮氏族之間發生了戰爭滴消息。」

這句話恐怕是以首領（Gothi）之妻的身分說的，而非嗜虐神的巫女。

他們確實以首領（Gothi）為首，選擇加入這個王國的麾下。

然而，並不是所有北方人都選擇聽命於王國。

當然也沒有明確與王國為敵。

面對北狄，也就是從北方侵襲而來的混沌勢力，北方人發誓要團結一致。

即使戰爭毫不間斷，掀起一片腥風血雨，依然維持著基本的和平。

——至今以來。

但萬一北方因為某些原因發生動亂，那可不是鬧著玩的。

那將招致災厄。暴風會成為混沌的漩渦，將王國及四方世界牽連進去吧。

「哥布林嗎？」

默默聽著這段對話的哥布林殺手一口斷言。

坐在長椅角落上的那名男子突然出聲，俘虜瞬間沉默。

不久後，俘虜謹慎地瞇起眼睛，緩緩點頭。

「無毋著（沒錯）。」

「果然。」

就這麼一句話。

女神官「咦」了一聲，眨眨眼。

「你一直是這樣想的嗎……？」

若是如此，目前發生的各種——令她困惑不已的行為，原因全在於此？

「在宴會上多少有聽說。」

哥布林殺手冷靜地向女神官說明。

當時女神官被宴會的氣氛吞沒，根本無心留意其他人的對話。

——留下來參加那種活動，果然也很重要……

或許她該稍微試著克服。

可是離開會場，和女主人（Husfreya）私下交談，當然也是相當珍貴的回憶。

「而且我有料到。」

哥布林殺手鎮定地接著對女神官的內心說道。

「在山下遇到的那群，不是南方的個體。不過，若是遷移到這裡的，數量太少，裝備也過於繁雜。」

雖然小鬼的裝備、力量、數量，原本就沒什麼大不了。

他補充了一句後，接著說：

「既然如此，應該將其視為搶輸地盤，從北方逃到這裡的群體。」

「那你還這麼悠閒地去街上參觀。」

「當然。」他語氣肯定。「那個國家的戰士不可能輸給小鬼。」

「無毋著（沒錯）。海灣之民（Viking）不會輸給區區歐爾克。」

會遭到偷襲、會受傷倒地，有時也會死。

但那並不表示敗北，並不表示靈魂屈服了。

是凜冽的北風，打造了勇敢的海灣之民（Viking）。

這兩位男子似乎天真地對此深信不疑。

——啊啊，是嗎？

若昨晚她沒有意識到，女神官現在肯定也會困惑不已。

就跟自己崇拜他一樣，就跟自己相信他不會錯一樣。

——對他來說。

女神官所不知道的，來自北方荒野的蠻族英傑就是如此。

跟那位豪傑住在同一塊土地上的戰士，理應到死都不會讓雙膝落地才對。

哥布林殺手這個人，肯定是這麼相信的。

「那些貪心滴傢伙搭著船。」

臉上帶傷的俘虜看到哥布林殺手能理解自身的矜持，打開話匣子，比手畫腳地說。

小鬼坐在船上襲來。他罵道「竟敢那摸囂俳（囂張）」。

這還不算什麼。

跟邊境村落遭到離群的小鬼襲擊一樣，不足以釀成多大的災害。

然而不只一次。

一而再再而三，不曉得他們是學不乖還是不去學，不管殺掉多少批，依然源源不絕。

「代表有巢穴吧？」

妖精弓手抱著胳膊聽他說明，甩了下雪白的手詢問。

「既然如此，直接殺進巢穴不就得了？」

「沒那抹簡單。」

身經百戰、以一擋千的北方人，當然不會想不到這點小事。

想到了卻不能付諸行動，原因只有一個。

「船沒回來？」

「無毋著（沒錯）。」

俘虜再次點頭。

「出去做生理（做生意）滴船，一艘都沒回來。」

不用說，沒人認為這是小鬼幹的。

這很正常。

北方人不會畏懼小鬼。

卻會害怕幽鬼（Draugr）。他們害怕的是海魔。

而且，即使努力試圖抵抗——凍土的寒意、艱困的環境，仍然會平等侵襲萬物。

四方世界眾生平等。

任何人都能平等享有恩惠，平等受到折磨。無法應對就只有滅亡一途。

於是，北方人們才會先闖進親戚的部落，掠奪物資應急。

他們判斷既然那裡和南方的王國有交流，無論如何都不至於餓死。

——至於為何不直接求助，嗯……

「因為這裡好歹算別國吶。」

女神官皺起眉頭，為她解答的是在離爐床最近的長椅上蜷縮成一團的蜥蜴僧侶。

「娶妻只是單純的交流，但若要提供援助或援軍，便屬於政事的範疇。」

事情的規模會擴大，許多麻煩事又會接踵而來，反而會招致混亂吧。

「原來如此……原來如此？」

女神官半是理解半是疑惑，將頭歪向一邊。

她豎起食指抵著嘴唇，「嗯嗯……」陷入沉思，卻毫無頭緒。

「還要顧慮到面子問題。」

這句話出自特地拿來蜂蜜酒，坐在長椅上喝得津津有味的礦人道士口中。

看來這麼冷的天氣會刺激酒興，他疑似從早餐時間——搞不好從昨晚喝到現在。

而放眼四方世界，沒有比正在享受酒精滋味的礦人(Dwarf)腦袋轉得更快的種族。

「身為一名獨當一面的戰士，因為輸給小鬼而沒錢，跑去向人求助，成何體統。」

「啊……」

她很能體會。

女神官當然不明白戰士的矜持。不過。

若是獨當一面——優秀的冒險者，絕不可能這麼做。

輸給區區小鬼，逃去向人求救，這種人如何能當上冒險者？

因為冒險者乃無賴之徒，憑藉自身的力量於四方世界前進的人。

最初的冒險、最初的團隊（Party）、最初的同伴。

每當回想起苦澀的回憶，女神官胸口都會隱隱作痛，如同一根深深刺進心中的利刺。

正因為有那段記憶——正因為所有人都試圖抵抗到最後……

「嗯……不可能。」

才不想狼狽地將自己的失敗晾在一旁，轉而依賴他人。

話雖如此，總不能置之不理。

「……遮……傷腦筋哩。」

女主人（Husfreya）面色凝重地思考著。

與從北方湧現的混沌勢力——北狄戰鬥，說是北方人的使命都不為過。
更何況這裡是王國的北端。
不能逃避，必須堅持下去——是時候展現他們的武威。
小鬼算不了什麼。
問題是海魔。讓船隻一去不歸的某種生物，那東西潛伏在冰海的另一邊。
「…………」
女神官深吸一大口氣，靜靜吐出。
他們是冒險者。
是來冒險的。
是為了冒險才在這裡的。
倘若當時的同伴在場，肯定會這樣說。
現在在這邊的大家，肯定也會明白。
「可以吧？」
「沒什麼不行的吧？」
女神官提心吊膽地詢問，妖精弓手率先回答。
她發出銀鈴般的美麗笑聲，優雅地閉上一隻眼。
「我跟了。感覺挺有趣的呀，雖然有和小鬼扯上關係。」

「要在如此寒冷的天氣前往海上，對貧僧而言……」

蜷起身子的蜥蜴僧侶一副懶得動的模樣，抬起長脖子轉動眼珠。

他們也認識一段時間了。若他真的嫌麻煩，一眼就看得出。

「話雖如此，貧僧可不能不趁這時大顯身手一番。」

「因為龍不能逃避？」

礦人道士擦掉沾到鬍鬚的酒，咧嘴一笑。蜥蜴僧侶擺動長脖子回答「然也」。

「兩個小丫頭和這個長鱗片的都說要去了，礦人哪能逃避。」

「就該這樣。」妖精弓手笑道。「反正酒桶在海上也浮得起來。」

「鐵砧會沉下去。」

「你這酒桶倒是會重得下沉啦……！」

兩人按照慣例，熱鬧地鬥起嘴來。

女主人（Husfreya）及俘虜無法理解發生什麼事，睜大眼睛。女神官覺得兩人的反應很有趣，笑了出來。

安心、喜悅、感謝等情緒參雜在一起，使笑聲自然而然從腹部發出。

「……可以吧？」

最後一個人。

她詢問穿戴骯髒鎧甲、廉價鐵盔的那個人，他平靜地回答。

「無妨。」

他的回答簡單明瞭，一如往常地乾脆。

「若這是由妳思考、決定的妳的冒險。」

這比什麼都還要讓人心安，被這句話用力推了一把的女神官站起身。

然後明白、直接、驕傲地對女主人（Husfreya）說出那句話。

「這件事，請交給冒險者（Adventurer）處理……！」

§

「哎呀，不過。」

一行人回到主屋。

和早上不同的是，大量的北方人擠在首領（Gothi）周圍。

不難想像他們會以女主人（Husfreya）從俘虜口中問出的情報為基礎，召開軍事會議。

至於身為外人的幾位冒險者為何在場——

「就算他們縮要幫忙。」

「冒險者不就素賊仔嗎？上戰場只會立刻翹辮子。」

「就算素爬過迷霧山脈滴賊仔也一樣。」

北方人們板著臉抱著胳膊，想法如實反映在表情上。

——簡單地說，就是信用問題。

女神官效法櫃檯小姐，面帶看不出情緒的笑容，默默在內心輕聲嘆息。

以前的她可能會驚慌失措，現在則多少可以掩飾不安。

冒險者是無賴之徒。

聽說只有王國——其他國家也有嗎？——有冒險者公會這個設施。

也就是說，他們珍惜地掛在脖子上的識別牌，在大多數的地方都不能拿來證明「信用」。

其中一個地方就是這裡，僅此而已。

幸好在之前去過的東方沙漠之國，沒遇到什麼大問題……

「哪裡有問題。」

在女神官思考該如何是好時，旁邊的哥布林殺手開門見山地問。

「不信任我們，還是對戰力感到不安。哪一個？」

「你這人真乾脆。」

「有解決得了的問題，就該盡快解決。」

首領(Gothi)苦笑著說，哥布林殺手簡短回答。

「所以是？」

「偶不認為精靈會偷拈。」

回答的不是首領，而是其他北方人中的其中一人。

在場的人左一句「素啊」，右一句「嘿啊」，接連附和。彷彿每個人都是代表。

看來首領雖然坐在上座，在會議上的地位卻和其他人相同。

但女神官覺得妖精弓手深受信賴，比這件事更神奇。

她曾經因為身為白瓷冒險者的關係遭人輕視，也有過幾次因為身為地母神神官的關係受到尊敬。

如今，她身在此地也沒人將她視為問題——妖精弓手僅僅是因為種族是上森人就受到尊敬。

明明當事人——那位忘年之交表現得那麼超然的原因，是因為宿醉害她頭痛！

——信用真複雜……

時間、場合、對象不同，凡事都會產生變化。

知道這件事，對女神官來說相當愉快。

「你們素爬過了迷霧高山沒錯。」

「可素，偶們沒有親眼看到。」

「看到就行了嗎？」

「嗯。」另一個北方人點頭。「讓偶們見素見素你們滴實力。」

「唔，要較量是吧。」

蜥蜴僧侶緩緩抬起長脖子，如同一隻睡醒的龍。

北方人沒道理怕他，所以不曉得是基於同情還是體貼，巨大的身軀待在爐床旁邊。

被火烤熱的血液，因戰爭的預感而沸騰——

「貧僧參加的時間，希望盡量訂在日正當中之時，烈火旁邊。」

……並非如此。

他將尾巴連同再度垂下的長脖子一起捲起來，完全把那個地方當成巢穴。

仔細一想，之前前往北方的時候，冒險自然都是於雪中行軍。

寒冷時期還能窩在溫暖的火旁邊，這麼奢侈的事在冒險途中可不常見。

瞧他盡情享受的模樣——該說很符合龍的個性嗎？

女神官對他說「有需要的時候就麻煩囉？」看見蜥蜴僧侶尾巴搖了一下，便回歸正題。

「那麼，要怎麼做？不是比賽，而是比力氣……的話……」

「嘿，這裡會不會玩那個？」

女神官手指抵著嘴唇思考。享用完蜂蜜酒，現在在她旁邊喝起麥酒的礦人道士說。

儘管跟蜥蜴僧侶不太一樣，他翹腳坐在長椅上的樣子，實在非常輕鬆愜意。

依然無法驅散內心緊張感的女神官，說實話有點羨慕——

「你說的『那個』是？」

「每個地區名稱不同，不好說，就是這個啦。」

礦人道士用粗短的手指做出拎起東西放在桌上的動作。

「當然會。」

上座上，用右手撐著下巴，彷彿要表示女主人(Husfreya)治好了他的首領(Gothi)，露出一口白牙。

「四方全在諸神的棋盤上。冒險者在棋盤上證明自身的力量才合理——老婆。」

「好主意。猜謎也素不錯，但開戰前來場板棋(Hnefatafl)會帶來好運。」

女主人(Husfreya)默默點頭，白皙如雪的小巧臉蛋上，帶著威風凜凜的神情。

沒被眼罩遮住的那隻眼睛，射出閃電般的視線掃過冒險者。

「偶以巫女滴身分做各位滴對手。」

「行。」

女神官還沒開口，就傳來哥布林殺手銳利的回應。

他隔著鐵盔的面罩，承受筆直的視線，彷彿在表示沒有任何問題。

「用盤上遊戲證明實力就行了吧。」

「素滴。」

「那麼。」

哥布林殺手伸出手。

由用了很久的粗糙手甲包覆住的手指，放到女神官纖細的肩膀上。

肩膀被用力抓住的觸感，令女神官忍不住張開嘴巴——

「由這女孩上。」

「咦。」

發出非常錯愕的聲音。

望向右方。哥布林殺手的鐵盔直對著女主人（Husfreya）。

望向左方。妖精弓手無心注意這邊，蜥蜴僧侶點頭，礦人道士喝了口酒。

望向前方。女主人（Husfreya）的獨眼炯炯有神，足以射穿心臟的目光落在女神官身上。

女神官眨眨眼睛。

「————咦？」

§

「簡單滴縮，就素打仗（戰爭遊戲）。」

室內，四方世界於橫跨爐床放在地上的桌子上展開。

正方形，上面刻著格子，綴有刻印文字的精美木製棋盤。

分成紅白兩色的大軍整齊列隊，在上頭擺好陣形。

大概是用海獸牙齒——不，肯定是用錫、白鐵(White Metal)做成的。

王與士兵的鐵盔刻著精細的圖案，以纖細的筆觸上色。

連劍和頭盔上的寶石光輝及影子，都用五顏六色的顏料呈現。

隨著並不存在的風飄揚的Ω軍旗，彷彿隨時都會真的動起來。

打個比方，就像真正的士兵縮成手指大小。

從某些角度來看，說這套棋盤和棋子的組合施有某種魔法加護都不奇怪。

對女神官來說，奇怪的只有一件事——

「紅色棋子圍住了白色棋子……嗎？」

兩軍並非處於對峙狀態，而是紅軍由四面八方包圍白軍。

女神官認真觀察局面，纖細的手指抵在脣上，低下頭。

北方人——而且還是粗野的戰士們，好奇地圍在旁邊，不如說是想看熱鬧。

害怕、畏縮、無法理性思考。身為一個年紀輕輕的小丫頭，這是正常的——

「我從來沒看過這種遊戲。您說這叫板棋(Hnefatafl)嗎……？」

女神官卻毫不畏懼地抬起頭，筆直凝視對面的棋手。

「素滴。」

女主人（Husfreya）揚起嘴角點頭，看起來十分高興。

「白軍只要讓王（Konungr）從裡面滴『王座』逃到角落滴『角』就贏了。」

「反過來說，四方的紅軍抓住王就贏了。」

——果然有點超現實的味道。

不曉得是女主人（Husfreya）指向棋盤的動作、語氣，還是工匠製作棋盤和棋子的手藝所致。

雖然女神官並不知道，從四方的「角」逃至棋盤外意味著什麼。

「……棋子怎麼走？」

「直向橫向，自由直線移動，直到前方有障礙物為止。」

女主人（Husfreya）那根連傷痕都顯得美麗的手指，流暢地移動紅軍，接著又將棋子移回原位。

原來如此，原來如此。女神官反覆點頭。不能走斜線。意思是……

她盯著十一乘十一，共一百二十一格的戰場。

之前玩過的桌上演習，是在四方世界屠龍（Dorasure）。

相較之下，這個用四角形格子區隔開來的世界，僅僅是四方世界其中一隅的戰場。

© Noboru Kannatuki

比遭到簡化，塞進少少的幾十個格子中的四方世界更加廣大。

——遼闊，卻狹小……

這個戰場給女神官這樣的感覺。我軍及敵軍都太多了，難以自由跑動。

更何況王位在中央，再怎麼掙扎都至少要兩回合。

而且還得先排除擋在前方的士兵，這樣的話——

「得減少棋子呢。進到同一格的棋子可以拿走嗎？」

「不，要用兩顆棋子包夾。」

女主人（Husfreya）手指一動，像魔法一樣操縱白軍與紅軍。

棋子和棋子。或是棋子和「王座」，或是棋子和「角」。夾在中間的棋子會被奪走。

唯一的例外是位於「王座」的王，必須從四個方向包圍才能困住。

——是狼與羊的遊戲。

女神官忽然想起在地母神的寺院玩過，拿來解悶的競技。

大多數的小孩——包含自己在內——都無法單憑信仰心活下去。

玩法是由擁有美麗褐色肌膚的修女前輩教會她的，長大後則換她教導後輩。

小時候，她很高興自己贏過了前輩，立場對調後才知道是對方手下留情。

——前輩很會玩。

女神官明白自己現在的處境，卻還是忍不住因懷念而揚起嘴角。

她覺得這個遊戲比起戰爭遊戲（War Game），更接近那個懷念的競技。

「主動走到兩個棋子之間的時候怎麼辦？」

「無要緊。」

「原來如此……」

或許是因為女神官一一點頭，確認規則的關係。

坐在上座默默旁觀的首領（Gothi），以像要伸出援手的語氣說道：

「需要記錄的話，可以拿筆寫下來。」

「？」

聽見首領（Gothi）的建議，女神官一臉疑惑。

「不用了，沒關係。」

「是嗎？」

是的。女神官點頭。她從來沒在冒險途中做過筆記。

「我只是想確認規則，方便先試玩一局，之後再正式來嗎？」

「老婆，妳怎麼看？」

「偶不介意。」

女主人（Husfreya）回以柔和的微笑。

「不管素遊戲還素來真滴，處女都不素偶滴對手。」

「請您別因為這樣就放水喔。」

女神官則打起幹勁面向棋盤。她要操控的是白軍。

「因為就算是遊戲，也該認真玩才對……！」

於是，戰爭揭開序幕。

§

「欸，這樣好嗎？歐爾克博格。」

「什麼。」

冒險者們自然也緊張地守望這場戰爭。

他們同樣聚集在認真凝視棋盤的女神官周圍，低頭看著棋盤上的戰鬥。

遭到包圍的白軍，艱辛地和紅軍對峙，不過——

「我覺得贏不了，大概。」

妖精弓手刻意壓低音量，對鐵盔底下的人悄聲說道。

在這位忘年之交認真比賽時潑冷水，太不識相了。

話雖如此，冒險時不分析戰力，可不是件好事。

「是嗎？」

哥布林殺手卻納悶地歪過鐵盔。

——這男人。

無時無刻都很正經，但這種態度實在不值得讚許。

「我還以為肯定會由你上咧，嚙切丸。」

妖精弓手哼了聲。在旁邊一手拿著酒，決定觀戰的礦人道士說。

這個團隊（Party）的頭目（Leader），是這名性格乖僻的冒險者。

若對方要求他們證明自身的實力，理應由他出馬。

「不然就是我。」

妖精弓手得意地挺起平坦的胸膛，搖晃長耳。

「畢竟森人（Elf）幾乎沒輸過戰爭。」

「因為壽命長，遲早會贏嘛。」

你說什麼!?妖精弓手巧妙地壓低怒吼的音量，不過她的怒吼只到此為止。

因為她寶貴的朋友，正在竭盡全力應戰。

這遠比跟礦人鬥嘴來得重要。

哥布林殺手也十分認真，咕噥了句：

「我不擅長盤上遊戲。」

妖精弓手和礦人道士對他投以不敢相信的眼神。

「舉辦迷宮探險競技前，玩過桌上演習，始終不順利。」

骰不出好點數。他接著低聲說道。

妖精弓手和礦人道士面面相覷，蜥蜴僧侶哈哈大笑。

「小鬼殺手兄經常徵求貧僧的意見。」

「與其我自己想，問擅長的人更快。」

哥布林殺手點頭。

自己完美掌控全局，判斷無時無刻都正確無誤，走在通往絕對勝利的道路上。

……他一直在努力不要淪為有這種想法的蠢貨。

至少有此等智慧的人，不會去剿滅小鬼。他這麼認為。

蛇眼很常見。會有疏漏之處，也有很多不知道的事。

別人知道的永遠比自己更多。

在這個前提下——他擔心的只有一件事。

「很費工嗎？」

「小事，小事。」

蜥蜴僧侶似乎終於暖和起來了，從爐床伸長脖子，觀察局勢。

又一個白色士兵被紅軍包夾，遭到擊退。

女神官思考著，卻沒有煩惱，接連移動棋子。

若那些士兵擁有自身的意志，先不說對將領的信賴，他們肯定不會迷惘。

「頭目(Leader)的任務是當機立斷。你也沒有對貧僧的意見照單全收。」

蜥蜴僧侶轉動眼珠子，望向小鬼殺手的鐵盔。

「小鬼殺手兄是個好頭目(Leader)。」

「……是嗎？」

哥布林殺手發出聽起來像低吼的沉吟聲，在鐵盔裡又嘀咕了一遍「是嗎」。

「那就好。」

自此之後，哥布林殺手便陷入沉默。

這段時間，大廳只聽得見兩位少女移動棋子的聲音。

圍在四周的觀眾竊竊私語，議論聲四起。

有妖精弓手那對長耳，想把每句話都聽進耳中，想必易如反掌。

應該看得出局勢對哪一方有利的她，面色凝重地說：

「既然這樣，比起那孩子，派他去不是更適合？」

她輕輕用手肘撞蜥蜴僧侶的長脖子，哼了聲。

「妳不知道嗎？」

哥布林殺手首次將目光從棋盤上移開，面向妖精弓手。

從頭盔底下射向她的，是不敢置信的視線。

「她可是遠比我厲害的冒險者。」

§

「唔，唔，唔……」

女神官低頭看著戰況有所進展的棋局，神情嚴肅，宛如天上的諸神。

——明顯占下風……

她覺得自己想方設法試圖從中央殺出重圍，是錯誤的抉擇。

雖說敵人分散成位在四方的四支軍隊，白軍的棋子只有十二個，紅軍則是二十四。

以這壓倒性的戰力差距來說，若想正面迎敵，白色國王會逃都逃不出去，死在敵軍手下。

因此目前的狀況——並不遺憾，是自然的結果。

畢竟紅軍並非小鬼，而是力量跟白軍不相上下的老兵。

這套棋組誕生後經歷的戰鬥，數量可不是女神官能夠比擬的。

待在「王座」的領域就能放心——然而，那僅限於王。

士兵常因為「王座」而遭到夾擊，「角」也一樣。

意即——

「這是籠城戰……」

她被「王座」這個名字擾亂了，該將其視為城堡、堡壘才對。

「王座」的領域就是城牆。這樣想的話，難怪士兵會被逼進死胡同，遭到擊退。

身為士兵們的指揮官，她打算奮戰到最後一刻，但她確實感覺到是極限了。

「素滴，比起慢慢來，積極點素粉好。」

可是，女主人（Husfreya）似乎很滿意女神官不輕言放棄的態度。

她帶著與女神官成對比的笑容，喀喀喀地移動棋盤上的士兵。

「不過，這樣就將軍了。」

「啊……！」

太大意了——並不是。

是一步步被逼入絕境導致的結果。

王想前往「角」的話，無論如何都得碰到四邊。

等於是主動封住其中一個移動方向。瞄準該處，設置陷阱，而女神官中計了。

「啊啊………」

她深深嘆息，趴到桌上。當然有注意不要碰到棋盤。

「這遊戲好難……」

「無聊嗎？」

「不會！」她猛然抬頭。「不會，一點都不無聊！」

沒錯，很難。規則單純，卻十分深奧。

不……

或許世上的遊戲都該是這樣。

簡單卻深奧，不會有絕對能獲勝的方法。

那麼容易就能取勝的遊戲，真的好玩嗎……

「如何？下一場要素素看紅色嗎？」

「這個嘛……」

女神官沒發現女主人（Husfreya）笑咪咪地看著她，手指抵在脣上。

嗯嗯。她發出微弱的聲音，思考過後，下定決心點頭。

「不，可以請您繼續讓我當白軍嗎？」

「妳確定？」

「是！」

女神官臉上漾起開朗的微笑，完全感覺不到有在為敗北而氣餒。

「我有過籠城戰的經驗！」

§

——話雖如此。

女神官沒道理贏得了。

嗜虐神巫女負責掌管做為祭神儀式的盤上遊戲（Hnefatafl），跟虔誠的地母神信徒擅長的領域不同。

更遑論今天才剛接觸這個遊戲的外行人，怎麼可能輕易擊敗高手。

這可以說是對所有遊戲的褻瀆。

女神官操控的白軍國王再度被敵軍包圍，無法逃離。

不過——

「原來如此……」

「啊，還有這招!?」

「真厲害……！」

「請再跟我下一局！」

她臉上沒有一絲陰霾。

情緒隨著棋盤上的攻防戰而起伏，一下後悔，一下高興，看見新的下法則會讚嘆出聲。

既然是正式比賽，就不會有第二次。理所當然。

「偶還想縮這局就正素來滴，沒法度。」

但擔任對手的女主人(Husfreya)都苦笑著同意了——自然不成問題。

兩位少女反覆在棋盤上移動棋子，發出喀喀聲。

女神官下棋的方式雖然笨拙，卻逐漸進步——不，是逐漸習慣了。

可惜，終究還是敵不過女主人(Husfreya)的指揮。

北方人們交頭接耳，不久後終於——

「不素那邊，把兵放在那附近。」

是那個臉上的傷痕還很新的男俘虜。

他的語氣平靜卻銳利、沉重。

「咦，啊……!?」

女神官眨眨眼睛，將還沒放下的棋子放回原位，盯著棋盤。

接著用手指計算格子，調查敵我方棋子的位置，「啊！」了一聲。

「的確……！謝謝！」

「免客氣。」

她把棋子移到另一個位置，得意地吐氣。

這一手似乎下得不錯，女主人（Husfreya）也「啊呀——」第一次露出困擾的表情。

不過其他一直默默觀戰的北方人，當然不會默不作聲。

「喂，少插嘴。」

「嘿啊，種摸可以插嘴。犯規啊。」

「犯啥規？看這丫頭遇到麻煩還不鬥相共（幫忙）。」

臉上帶傷的俘虜面不改色，雙臂環胸，巨岩般的臉上浮現輕蔑的笑。

「這樣還叫海灣之民（Viking）？臭卒仔。」

「你說啥……!?」

說起來，血氣方剛的他們能安靜到現在，應該已經算很能忍了。

轉眼間。

他們一口氣衝到兩位少女身邊，開始你一言我一語。

往右邊去。不，是上面。那裡。不對。拿下那顆棋子。不，還不是時候。移動國王。等一下。

「甘五摳零（怎麼可能）！還有那招嗎！」

「說啥鬼話！」

「喂，把板棋（Hnefatafl）拿過來！」

「喔，來啊!!」

他們咚一聲將棋盤扔在長椅上，於各個地方開始比賽。

事已至此，觀眾們當然會毫無顧忌地大叫、喝酒、唱歌。

說有多熱鬧，就有多熱鬧！

不久前默默觀戰的景象蕩然無存。

「啊呀……」

女主人(Husfreya)的苦笑也不被放在眼裡。

大廳亂成一團，根本不是召開會議的時候。

「唔，唔……唔……」

妖精弓手見狀，焦躁地抖動長耳。

「欸，我也想玩玩看那個板……棋！教我！」

「喔、喔喔！既然素精靈大人滴要求……！」

上森人大聲嚷嚷，北方人們戰戰兢兢準備好棋盤，坐到她對面。

瞧他們表現跟面對心上人的少年一樣，礦人道士不禁苦笑。

他思考著繼蜂蜜酒之後要喝哪種酒，舔著摻水的麥酒輕戳身旁的友人。

「嘿，長鱗片的。太陽快爬到天頂囉。」

太陽已經掛在高空，陽光從天窗照進大廳。

兩眼半瞇，像在打瞌睡一樣的蜥蜴僧侶，微微抬起他的眼皮及瞬膜。

「呣呣呣……既然如此，貧僧也不得不參戰吶。」

他緩緩起身，找了個附近的人要求棋盤及餐點。

「當然還要山羊奶。」

不忘加一杯飲料。

兩人圍著棋盤，北方人接連聚集而來。

做為嚴肅、重要的軍勢會議而召開的集會，儼然已經失去原本的目的。

究竟有幾個人還記得，這是針對來自南方的異邦人的「試煉」？

「贏了。」

「似乎是。」

看著這一幕的哥布林殺手和首領（Gothi）互相交談。

這場比賽原本的目的就不是贏得棋局。

而是讓北方人——海灣之民（Viking）認同他們的實力。

無時無刻都要看清勝利條件，對哥布林殺手來說再正常不過。

從這一點來看——

「再、再一局，請再陪我下一局……！」

「瞧妳遮抹著迷，沒完沒了呢。」

能讓嘴上這麼說，卻笑著重新排好棋子的女主人（Husfreya），露出這種表情的。

能讓她露出這樣的表情，能自然地讓身邊的北方人提供建議，跟他們打成一片，進行對話的。

「——因為那女孩是冒險者。」

對哥布林殺手而言，此乃自明之理。

「我沒打算認輸，不過……」

首領（Gothi）的視線跟著鐵盔看過去，看見兩位少女的情緒因戰況而起起伏伏，吁出一口氣。

沒錯，外行人輕易擊敗高手，是對遊戲的褻瀆。

然而，外行人能跟高手一樣樂在其中，是諸神的祝福。

世上的遊戲皆該如此。

每一位祈禱者都知道，守望四方世界棋盤的諸神都在這麼期望。

因為——這個畫面才是四方世界的諸神喜悅的體現。

「是我輸了。」

「不。」

首領（Gothi）感慨地說，哥布林殺手搖頭。

「是我們贏了。」

沒錯，無時無刻都要看清勝利條件。

她是冒險者。

自己的假期結束了。

敵人是小鬼。

一如往常。

沒有任何變化。

既然如此，這也是自明之理。

「哥布林，就要全部殺光。」

間章 『世界在看不見的地方也在轉動的故事』

「所以……這樣好嗎？」

女神官自己也不知道這個問題具體在問些什麼、是對誰提出的。

對象是待在年輕國王辦公室裡的——數人。

是國王，還是像影子一樣隨侍在旁的銀髮侍女？抑或是悠哉地看著文件的地母神神官？

祭出各種手段，從寺院前往邊境視察的她，對兄長的勸告置若罔聞。

建立在無知上的奔放個性，在痛苦經歷的淬鍊下，逐漸轉為可靠的力量。

女商人覺得這令人高興——也令人羨慕。

「看來我有很多問題該回答。」繼續工作的國王喃喃說道。「從哪個部分開始答起？」

「從讓我國的騎士擔任北方領主的部分開始吧。」

「哈哈哈，這句話就已經有問題。」

Goblin Slayer
He does not let anyone roll the dice.

手拿羽毛筆振筆疾書的國王，輕笑著把筆扔掉，取出新的一支。

——這個月不曉得用掉幾支筆了。

女商人在腦中計算，輕聲嘆息。

再怎麼奢侈，羽毛筆終究是消耗品。一天必須削好幾次筆尖。

而且既然要由國王使用，總不能採購太便宜的。

因為不管是使用便宜貨的國王，還是賣便宜貨給國王的商人，都會被其他人說三道四。

——不過買貴的筆也會有很多人有意見……

政治真麻煩。最近，女商人會突然這麼覺得。

「那人的父親是北方的豪族。他是在我國長大沒錯，不過論出身或血統都是北方人。」

國王用短劍削尖新的羽毛筆，為能擺脫文書作業而感到喜悅。

「聽說他是在血的報應中殺了對手，才不得不逃離故鄉。」

「血的報應？」

躺在長椅上的王妹咕噥道，語氣彷彿在朗讀看不懂的教典。

「那是什麼？」

「北方人的作風是，一名族人的死，就要藉由氏族之間的大戰去復仇、互相殘殺。」

待在窗邊的銀髮侍女，以難以想像她是在跟王族說話的態度講出答案。

女商人忍不住皺眉碎碎念了句「好野蠻……」努力不讓更多的情緒表現出來。

因為她透過文件得知，北方人絕非只會打仗的民族。

「當然野蠻。」

年輕國王卻無視她的努力，笑著說道。

他莫名仔細地檢查筆尖的尖度，把時間花在這上面以逃避工作，點點頭。

「所以北方人遇到大部分的事情都會決定好賠償金，避免爭執。」

金額談不攏怎麼辦？女商人想了一下，緩緩搖頭。

想都不用想。就是那種環境造就了那些可怕的北方人。

「然後，那傢伙是……怎麼說呢……俗話說家醜不外揚……」

因此，引起女商人好奇心的，是難得有點含糊其詞的年輕國王。

「陛下？」

她擔心地微微歪頭，回答她的是若無其事的苦笑。

「是我舅舅。」

「舅舅？」那可奇怪了。「但他的年紀……而且，他不是北方人嗎？」

「我的父親娶了他無依無靠的姊姊當側室，將他的父親一同納入麾下。」

「噢……」

常有的事。並不稀奇——雖然對這種行為的評價因人而異。

身為王侯貴族，沒有嫡子可不行，準備候補也可以說是某種義務。

寵姬側室愛人其他。只要是身分清白之人，不如說多多益善。

聽說某獵奇殺人事件的真相，就是有位愚蠢的王子隨便讓娼婦懷孕，為了幫他收拾殘局才出此下策。

這種地獄般的傳聞，只要調查過去的事件就翻得出來。

——說起來，身在這個房間……

王妹暫且不提，那位紅髮樞機主教竟然會留下她和侍女，迅速離席。

——就代表那個意思吧。

女商人明白，自己並不覺得那是多餘的體貼，也不會嫌麻煩。

但要肯定這個行為——之前降臨於自己身上的災難，至今仍令她心有餘悸。

「我不太懂就是了。」

王妹晃著雙腿，擺出一副自己是出家人，所以跟那種事無緣的態度。

穿禮服做這種動作就已經很不雅了，穿著神官服更不用說，實在讓人看不下去。

她不知所措，望向侍女，侍女只是無奈地搖頭。

——也罷。

這裡不是寺院。這裡是王城，是國王的辦公室，是哥哥的個人房間，身周只有朋友。

女商人明白，那是寶貴的場所及時間。

「因為父王在我小時候就去世了。」

「那是『死之迷宮（Dungeon of the Dead）』之戰前的事。父王他……不，別提了。」

王妹一臉滿不在乎的樣子，國王則愁眉苦臉地甩了下手。

「總之，在過去那場魔神王之戰時，終於付得出賠償金了。」

於是他前往北方，看見該氏族陷入困境，出手相助——

和在那邊遇見的公主墜入愛河，共結連理，成為國王。兩人過著幸福快樂的生活。

跟敘事詩一樣。女商人心想。彷彿發生在現實世界中的古老英雄傳奇。

盼望著能有相同的際遇，卻絕對不可能成真。她自己也是。

被迫面對這個殘酷的事實令人心痛——正因如此，才會顯得耀眼可貴。

無法公然談論這件事，全是因為那是異國、異教的功績吧。

「是勇者出現時的那場戰鬥呢。」

更重要的是，有那位光芒四溢的少女的表現。

祖國的英雄比異國英雄更值得關注。再正常不過。

「我都不知道北方也有出現混沌的眷屬。」

「拜勇者所賜才能趁早解決。儘管如此，還是有漏網之魚。」

聽說北方人視與北狄交戰為榮。北狄。來自盡頭的混沌軍勢。

不過，一而再再而三的戰爭，讓他們難以繼續以一己之力作戰。因此……

「轉而向我國求援。」

「而有個正適合跟那邊的公主結婚的騎士。就這麼簡單。」

還有哪裡有問題？如此提問的國王，終於連裝模作樣的努力都懶得做了，將羽毛筆扔到桌上。

女商人微微揚起嘴角，伸出白皙的手指撿起筆，立在墨水瓶旁邊。

「只有可能會有不少人反對這一點。」

「唬弄過去便是。」

年輕國王不屑地哼了聲，以手撐頰，如同一隻雄獅。

對討厭他的人說這是驅逐，對仰慕他的人說這叫升遷。對渴望動亂的人說這是侵略，對愛好和平的人說是為了搭建友好的橋梁。

只要這樣說明，那些人就會自己找出符合心意的理由。

講什麼都會有人抱怨，哪有空一一奉陪。

——不能明白說出來，可以說是王的職責吧。

「我反而想問，為何要在這個時期派人過去視察？」

抱著胳膊站在窗邊的銀髮侍女低聲加入對話。

「而且還特地派邊境的冒險者去。」

她一臉悶悶不樂——她一直都是這種表情，難以看出情緒。

現在，那張人偶般的小巧臉蛋直對著國王，透明如玻璃的眼眸半瞇著，射出銳利的目光。

不知為何——女商人覺得她的視線同時也在針對王妹。

「沒有私心嗎？」

怎麼會。年輕國王說。怎麼會。他像要仔細說明似的，又說了一遍。

「這起事件派金等級出馬都不為過……可是水之都的大主教（Archbishop）推薦那個人。」

「地母神寺院也推薦他喔——！」

王妹則輕描淡寫地嚷嚷道。年輕國王瞥向妹妹，嘆出一口氣。

女商人稍微將食指放在脣上，思考過後，輕輕點了下頭。

「我擔心的是，是不是因為有什麼東西……混沌的氣息在北方蠢蠢欲動。」

徵兆往往是微不足道的紀錄和情報的累積。

現在這個時代，走海路做生意無時無刻都有危險。一艘船都不沉才奇怪。

即使如此，沉船的數量實在有點多。來自北方的貨物開始延遲到貨。

北方人不只是如同蠻族的戰士。

他們同時也是熟練的水手、商人。

他們運送的商品——北海的交易路線有些許阻塞，導致金錢、財物無法順利流通。

有如滴進大河裡的一滴墨水——不至於有太大的影響。

不過，做著虧心事的貴族、商人忽然銷聲匿跡。人們臉上出現陰霾。

世界的危機、勇者登場的機會。離這個程度相去甚遠，卻絕對不容忽視，悄聲逼近的某種存在。

從龐大的文件及文字、人們的嘴角間稍微探出頭的——某種存在。

侍女教過她，看出這個徵兆正是斗篷與匕首(Cloak and Dagger)的基礎……

——混沌的氣息。

後頸的烙印陣陣發疼時，她總會有這種感覺。

「沒錯。」

撐著頰的年輕國王似乎決定豁出去了，站起身，露出獅子般的笑容。

「既然如此，就輪到我們冒險者出場了吧？」

「陛下。」

面對彷彿要立刻穿上裝備，飛奔而出的國王，女商人心想「真拿這個人沒辦法」，默默嘆氣。

而她對此並不反感。

她一面感到驚訝，一面覺得——這樣的自己同樣不會讓她反感。

北方人動作很快。

敵人是幽鬼(Draugr)、海魔的話令人生畏，小鬼卻連過過癮都不夠。

然而，既然是首領(Gothi)的命令，這就是戰爭。

失去財寶　血脈斷絕
自身的生命也終將走到盡頭
唯有戰功
親手掌握的最為尊貴之物
永不消逝

烈火熊熊燃燒，戰士們配合身為巫女的女主人(Husfreya)朗誦的祝詞，放聲歡呼。

只要在戰爭中殺敵，在痛苦中死去，等待在前方的就是喜悅的原野。

對海灣之民（Viking）而言，大戰本身即為一場神聖的儀式。

因為再怎麼說，那都是平等給予萬物的唯一一條生命拿出成果的重大活動。

女神官幾乎快要放棄理解，告訴自己就是這麼回事。

總而言之，在熱鬧的氣氛中……

「咦？哥布林殺手先生，你不用那把劍嗎？」

哥布林殺手在首領（Gothi）借給他們的房子整理裝備，盯著那把長劍。

他坐在長椅上，將礦人做的鋼劍放在腿上，仔細端詳。

又寬又厚，劍身銳利。和他平常使用的不長不短的長劍判若雲泥。

雖說是沒施過法術的無銘劍，連外行人都看得出那確實是把利劍。

「對。」

哥布林殺手輕輕用手指撫摸一塵不染的劍刃，點頭。

「沒打算用。」

他慎重地將從劍鞘拔出的劍放到長椅上。

墊子上的黑鐵劍刃，在爐床火光的照耀下閃爍光芒，宛如星辰。

哥布林殺手目不轉睛看著它，又握住一次劍柄，將劍拿到天窗底下看。

「這把劍對歐爾克博格來說太長了。」

妖精弓手（Elf）發出清澈悅耳的笑聲，已經準備就緒。

她以神話般的動作用手指勾著帽子轉，等待其他人。

「這一帶也有你平常用的那種不長不短的劍嗎？要不要請人家借你？」

「首領(Gothi)從武器庫裡拿了一把借我。」

他依然面對著那把礦人鍛造的劍，以興致缺缺的語氣回答。

實際上，他腰間的劍鞘確實插著一把小把的彎刀。

女神官不懂武器，不過在這個地區，兩手各拿一把武器好像並不稀奇。

——盾牌和劍也是要用兩隻手拿。

之前也聽朋友女商人說過，刺劍是拿來跟短劍配合使用的。

不如說——

「哥布林殺手先生什麼武器都會拿來用嘛……」

跟光是在練習祭神舞蹈時都用不好多節棍(Flail)的自己截然不同。

「隨便亂用罷了。」鐵盔的另一側傳來回應。「並不精通。用法也很粗魯。」

「哎，這塊土地可不會因為少一兩把長腰刀就出問題。」

羽毛團底下傳出含糊不清的聲音。

被鱗片覆蓋的尾巴從邊緣露出一截，由此可見，這團羽毛大概是蜥蜴僧侶(Lizardman)的外套。

女神官苦笑著摸了一、兩下柔軟的羽毛。

觸感輕柔到若非現在是這種狀況，她真想直接抱上去。

「水中呼吸的戒指，也得忍到上船才能拿出來吶。」

考慮到要前往結凍的冰海，蜥蜴僧侶的警戒可不是鬧著玩的。

雖說他們曾經短暫地出過海——那些鰓人（Gillman）不知道過得如何？

「鍊甲可以穿嗎……？」

女神官也十分擔心自己的防具。

萬一掉進海裡，肯定會因為鍊甲的重量沉下去。

即使有水中呼吸戒指能避免當場溺斃，那也沒有絕對的保障。

「北方人也都有裝備鍊甲，我想應該是沒問題……」

「因為他們全是前衛嘛。」

妖精弓手將長耳塞進頭上的帽子。

雖說她很喜歡這頂帽子，戴起來還是有點拘束，只能睜一隻眼閉一隻眼了。

「我一直在想，妳和歐爾克博格不會不舒服嗎？」

「鍊甲嗎？」

「對。」

妖精弓手點頭。的確，卸下防寒裝備的話，她身上是跟平常一樣的輕裝。

不如說，這個團隊（Party）裡面，只有兩名凡人（Hume）裝備著正式的防具。

妖精弓手自不用說，礦人（Dwarf）道士是術士，蜥蜴僧侶要遵守戒律。

不過以女神官的身分也不該過度武裝就是了……

「剛開始是會覺得重沒錯……」

她掀起神官袍的下襬，撫摸鍊甲腹部的部分。

油和金屬冰涼的觸感，感覺比平常更加鮮明。

「在腰帶附近束緊的話，其實沒重到那個地步。我也習慣了。」

「我同時也是在問妳會不會冷耶？」

「這個就，想辦法習慣……」

女神官露出尷尬的笑容，妖精弓手微微揚起嘴角。

「真不敢相信。凡人真的很奇怪。雖然光是會想住在這種地方就夠奇怪了……」

「這種地方？」

「既然那麼不適合居住，別住那邊不就得了？通常都會放棄吧。」

人類卻在那邊蓋房子，準備衣物，忍受寒冷，輕易適應環境。

上森人（High Elf）又說了一遍「真不敢相信」，彷彿在稱讚他們的作為。

「正因為是無所不在的平凡之人，才叫凡人吶。」

立志成為更加強大的生物的蜥蜴人（Lizardman），似乎也有同感。

即使成了羽毛團般的狀態，他依然無法在這個地區生存下來。

對蜥蜴人來說，稱之為一種敗北都不為過。
「那個名字可不是虛有其表。雖說自詡為靈長實為傲慢。」
「啊哈哈……」
認識這麼多年了，女神官還是不太能理解蜥蜴僧侶開的玩笑。
她心想這應該不是在說人壞話，所以就別去在意吧。
「需要劍鞘。」
哥布林殺手毫不關心同伴的交談內容，喃喃自語。
他將那把從各個角度仔細察看過的長劍放回長椅上。
然而，不曉得他在捨不得什麼，有種一不留意，他又會伸手去拿的感覺。
女神官不明白他為何如此在意那把劍。
「回來後找個鍛造師(Smith)重新打磨一遍唄。」
默默整理袋子的礦人道士終於開口。
他將裝滿整個袋子的觸媒拿出來，交換內容物。
妖精弓手噘著嘴巴抱怨「慢死了——」卻沒有干擾他，也算是一種貼心之舉吧。
不，施法者的法術攸關整個團隊(Party)的命運，這或許是應該的。
「…………」

「怎麼啦？」

總之，哥布林殺手聽見礦人道士那句話，陷入沉默。

不對……

——他在驚訝？

女神官看不見面罩底下的表情，但她這麼覺得。

「……是啊。」

不久後，哥布林殺手的鐵盔上下搖晃。

「不錯。」他再度點頭。「……就這麼辦。」

§

船團於灰色的水面濺起白色水花，劈開大海前進。

船身的絕大部分都浮在水面上的北方人的船，如字面上的意思於海上滑行。

像在彈跳般，於起起伏伏的海浪上前進的軌跡，優美得如同一條在丘陵上爬行的蛇。

「哇，噗……!?」

拜其所賜，女神官被迎面而來的巨浪潑了滿身，不由得瞪大眼睛。

從威武的龍頭船首打上來的海浪宛如一陣大雨，將女神官淋成落湯雞。

「小心別摔落去喔？」

「好、好的……！」

女主人的聲音從背後傳來，女神官抓著船舷，聽話地點頭。

女主人已經換上初次見面時穿的那身神聖的武裝。

儘管如此，她依然珍惜地把那串黑鐵鑰匙掛在腰間，女神官覺得很溫馨。

不過——

探頭一看，海面一片漆黑，難怪有句話說「一片木板底下是地獄」。

不可思議的是——女神官並不覺得恐怖。

從兩舷伸出的無數船槳以規律的動作划水，用力推動船隻。

那股力量來自坐在甲板的戰士強壯的雙臂。

每個人都足以以一擋千的北方人划著槳，動作整齊劃一。

為了保護槳手，兩舷還擺了整排的圓盾，宛如一艘戰艦。

聽說船槳能以女神官想像不到的機關收進內側。

只需要靠船帆前進的時候，會把船槳收進去，抬頭一看，映入眼簾的是用毛織成的船帆。

迎風鼓起的船帆令人心安，給船隻帶來更多的力量。

多虧有他們巧妙地操縱船槳、船帆，海灣之民的船方能前進。

將這一幕盡收眼底，恐懼就神奇地消失了，取而代之的是——

——為什麼我會忍不住這麼興奮？

女神官壓著帽子，於甲板上，槳手之間的空位緩緩起身。

船身自然會晃，卻沒有想像中晃得那麼厲害，或許是拜北方人的技術所賜。

往兩側看去，是好幾艘同樣於海上行駛，排列成楔形的船隻。

隊伍幾乎呈現一直線，帶頭的是中央這艘船，也就是說，那裡是箭尖。

因此海浪也更加洶湧，女神官再度被水潑到，驚呼出聲。

「首領（Gothi）上戰場滴時候，都要打頭陣。」

女神官扶著咯咯輕笑的女主人（Husfreya）的手，於船上行走。

她留意著不要絆到堆滿腳邊的大量石頭——推測是重石——來到中央。

船桅下備有帳篷，那就是這艘戰艦的房間。

「知道目的地吧。」

「這還用說。跟各位從俘虜口中問出的一樣。」

首領（Gothi）和團隊（Party）成員，正在堆積如山的武器的縫隙間召開會議。

女神官鑽進帳篷，點頭致意，骯髒的鐵盔靜靜晃動。

她小步走向代替桌子用的酒桶，這段期間，會議仍在繼續進行。

「應該要假設船一去不回的海域裡，有**什麼東西**。」

「沒有的話，就直接前往小鬼的巢穴探索。」

「嗯。」

點頭回答的首領（Gothi）同樣已經穿戴好裝備，雖然沒戴頭盔。

以鍊甲為主的整套防具，怎麼看都是北方人的裝束。

唯一的差異在於他沒留鬍子——

『素偶請他不要留滴。』

女主人（Husfreya）之前靦腆地笑著偷偷告訴她，所以女神官知道。

「小鬼的航海技術不會有多厲害吧？」

「對。」

哥布林殺手斷言。提到小鬼，幾乎沒看過他遲疑。

——不過，的確……

為了不讓談話聲被風浪聲蓋過，女神官豎耳傾聽，以免漏聽任何一句話，一面思考。

在水之都地下遇過乘船的小鬼，他們與其說在「划船」，更接近「搭船」。

不可能跟北方人戰士一樣團結一致划槳，抵抗、順從風和海流。

「小鬼雖然偷到了騎乘的祕密，就算有技術，以那些傢伙的本性，不可能受得了長距離航行。」

「只是順著風和潮流漂來的話，他們的據點在哪自然推測得出……」

呣。首領(Gothi)摸著下巴思考，沒有多想便問出忽然浮現腦海的疑惑。

「……小鬼打算怎麼回去？」

「不會想那麼多。」

哥布林殺手的語氣，彷彿只是在平靜地陳述事實。

「他們永遠認為自己做什麼都會順利。」

哥布林一直是這種生物，還認為自己智慧過人。

正因如此，才會這麼棘手——傲慢又殘酷。

雖說是四方世界中最為弱小的，小鬼還是怪物。

而贏不了小鬼的話——

「我們也不曉得要如何戰勝海魔就是了。」

首領(Gothi)苦笑著望向風起浪湧——一如往常的北方湖泊。

在這超越人智的棋盤內，無法預測之事多不勝數。

連自己腳下有什麼東西都不知道，想學習大海另一邊的事情，該有多困難啊。

儘管能以跟北方人(Viking)同等的速度於海上疾駛，終究無法無所不知(Wiki Encyclopedia)。

「煩惱也只是徒勞。」

蜥蜴僧侶吃著起司，看來是要在戰爭前填飽肚子。

他伸出長舌舔掉從下巴滴下來的起司，講出頗有深意的一句話。

「有實體(Data)就殺得掉。殺法之後再思考便是。」

「走一步算一步的意思。」

「這叫維持高度的靈活度臨機應變。」

竟然。哥布林殺手承受住首領(Gothi)不知所措的視線，點頭說道。

「冒險似乎就是如此。」

「那還真是。」

首領(Gothi)這句話分不清是困惑還是愉快，凝視遠方。

就算受過北方生活的訓練，凡人水手的視力還是有極限。

然而……

「快要看得見了吧？」

如同一片樹葉從船桅上輕盈落地的上森人，自然另當別論。

她像隻貓似地伸展身軀，拉緊大弓的弓弦檢查狀態，點了下頭。

「品味低劣的船。數量……二十左右？全是哥布林。」

「那該準備法術囉。」

坐在地上以節省體力的礦人道士緩緩起身。

無論是冒險還是戰爭，魔法師、神官要保存力氣，是某種鐵則。

「其他船上應該也有人會用風魔法，用『順風(Tailwind)』也不會打亂隊形吧？」

「啊，我、我也……！」

因此，女神官也急忙主張自身的存在，雙手緊握錫杖。

不管身邊的人是怎麼想的——她還不覺得自己有好好證明實力。

雖說女主人(Husfreya)、首領(Gothi)和北方的居民都對她很友善，她終究沒在盤上遊戲中獲勝。

會因此鼓足幹勁，認為自己該拿出最大的努力，反而可以說理所當然。

「……不。」

她沒有發現，首領(Gothi)正懷著「如果我有女兒，大概會是這樣吧」的心情注視她。

女主人(Husfreya)微笑著對一頭霧水的少女說：

「先素石頭。」

§

那隻哥布林無時無刻都覺得萬分火大。

他一直都在吃虧，撿得到好處的只有卑鄙的傢伙。

好不容易輪到自己走運，結果嘗到甜頭的又是其他哥布林。

例如——沒錯，在這一帶的那些凡人。

旁若無人地搭乘那個叫船的大東西，耀武揚威。

那些人能這麼威風還不都是因為有船，才不是他們本身的力量。

——總有一天。

要把那個傲慢的丫頭拽下來，盡情折磨。

雖然只有遠遠看過，瞧她一臉神氣，肯定是傲慢之人。

管他是看得見的那一隻還是失明的那一隻，戳爛她的眼睛，她不曉得會露出什麼樣的表情！

先戳爛失明的那隻好了。這樣一定能讓她受更多的苦，更有樂趣。

哥布林妄想著這些無聊至極的事情，抱怨自身的境遇。

自己不去為改變做任何努力，卻認為生活一成不變是其他人的錯。

然而——情況在不久前有了變化。

某一天，那東西漂到了巢穴旁的海岸。

沒錯——是船。

好幾艘船倒在沙灘上，像玩具被玩膩後扔在這邊一樣。

有的有破洞，有的柱子斷了，令人不滿，不過算了。

小鬼對於船上為何一個船員都沒有，並未抱持任何疑惑。

那群愚蠢的凡人總是瞧不起他們，丟了船也不會放在心上吧。

可是，到此為止了。

是船！是船！是船！

那些傢伙耀武揚威的日子到此為止。只要有船，肯定是我們更強。

實際上，他們不就順利趕走沒船的蠢貨了嗎？

那群人往南方逃了——小鬼不懂得這個詞彙——真笨。

那裡只有山，遲早會餓死。

不過，集團的頭目——又蠢又傲慢，一點都不適合！——的命令，根本是在找碴。

竟然叫他在這麼冷的天氣，把船從沙灘推進海裡！

他哀哀叫著將船推出去，坐在船上的卻是其他小鬼。

然後，出海的小鬼再也沒有回來。

——一群垃圾，肯定是跑到其他地方享樂去了。

託他們的福，漂到沙灘上的船原本有那麼多，如今只剩最後一艘。

因此他到了很後面才能上船……

「嗚、咿!?好痛，好痛……痛!?」

哥布林藉由被長槍刺中的少女的呻吟聲，抑制住內心的焦躁。

或許是因為玩了很久，少女氣若游絲，不過幸好有把她帶上船。
是一名獸人——山鼠的氏族，但對小鬼來說並不重要——少女。
用槍隨便刺雪堆，是天氣開始回暖時打發時間的好遊戲。
偶爾會聽見「嗚咿!?」的尖叫聲，表示中大獎了。
因為可以用槍或鉤子把在雪裡睡覺的蠢貨勾出來，拿來當玩具。
——玩到不會動的話，拿來吃就行了。

「GOORGB!!」

「啊!?喔、呃……!?」

「GBBOG！GGGBBOROGB！」

「啊啊……!?不、要，住手——嗚咿……!?」
環視甲板，還有幾個玩具被同伴們埋住，正在大聲哭喊。
有的脖子上繫了條繩子，吊在船中間那根不知道用來幹麼的柱子上。
這隻小鬼羨慕不已。
比這種快死的傢伙有活力多了。八成是耍什麼小手段抓到的。
有時也會有不知為何死在熊手下的小鬼，一定是因為他們太蠢。
因為自己從來沒犯過那種錯誤！

「嗚……嗚……我、受……夠了……」

話說回來，她不能安靜點嗎？

害船在搖來搖去，這個鹹到不行的水也一直噴過來，感覺很不舒服。

全是負責開船的那傢伙——雖然不知道是誰——的錯。

假如自己是集團的頭目，肯定能開得更好。那個空有龐大身軀的垃圾。

——對了，把這傢伙泡進水裡，會不會安靜點？

「啊、嗚啊啊……!?嗚！啊……不、要……!?」

哥布林抓住少女的頭髮，扯斷了好幾根，直接把她提起來，光這樣就讓她不停哭鬧。

他拖著少女走向船舷，少女開始揮動四肢掙扎，他便一腳踹過去發洩怒氣。

小鬼為玩具啜泣的模樣感到滿足，從船上探出身子，準備把她的頭泡進海裡。

然後——他在遠方看見了東西。是船嗎？是凡人的船。船隊。

「GBB……！」

小鬼臉上浮現笑容。

看來那些傢伙以為坐在船上就會贏，哪那麼簡單。

那個獨眼女不知道在不在。不在也沒關係。順利的話，自己就能成為船長。

但可恨的是，為了達到這個目的，非得先靠近船。拖拖拉拉的傢伙。

小鬼正準備通知派不上用場的同胞的瞬間。

「GOROGB……？」

石塊如浪濤般砸了過來。

§

「Tyrrrrrrrrrrrrrrr！！！！！！！！」

北方的戰士們隨著戰女神的咆哮，投擲重石攻擊敵人。

好幾艘排在一起的戰艦接連扔出石塊，接著逐漸轉為箭雨、槍雨。

女神官推測，大概是為了拉高吃水線，加快速度。

戰場上，重石會成為阻礙。十分合理。

更令人瞠目結舌的是海灣戰士高明的技術。

她總是在看哥布林殺手投擲武器，但這不一樣。

竟然按照先右後左的順序，瞬間扔出雙手中的兩把長槍！

女神官在驚濤駭浪上拿著錫杖繃緊神經，震撼得屏住氣息。

她卻直盯著敵陣，集中注意力。

「GRB！GROORGB!!」

「GROOROGB!!」

「GORG！GGGBB！」

——駭人。

女神官忍不住嚇得顫抖。絕對不是因為寒冷。

沒錯，眼前是小鬼操縱的，不該稱之為船的物體。

浮在海面上的，確實是與北方人的船類似的東西。

前提是船身沒有缺口、柱子沒有折斷、船帆沒有破洞。

理應要用來彰顯榮耀的船首像上面，綁著有言語者的屍體。

華美的裝飾如今滿是髒汙，曾經的美麗蕩然無存。

船槳隨便拍著水，宛如快要斷氣的蟲子動來動去的腳。

沒有乘風破浪，僅僅是於海上漂流。

那已經不能說是船。是船的殘骸。腐朽的屍體。

然而，遠看都看得出哥布林們對於自己支配了北風、海洋深信不疑。

他們揮動武器，凌虐少女，恣意狂笑的模樣，跟勇猛和高貴八竿子打不著關係。

存在於此的——只有醜陋至極，流於表面的滑稽模仿。

雖說只有短短幾天的時間，雖說難以理解，女神官接觸到了北方人的文化。

正因如此，她很明白。

——這是褻瀆。

那東西是——水上的小鬼巢穴。僅此而已。

「GOROGGB！GRGGB!!」

「……！」

在女神官瞪大眼睛前，妖精弓手拉緊大弓吆喝道：

「他們要反擊了!!」

哥布林只是在模仿人類，因此他們判斷不了距離，相信自己也做得到。

他們舉起手中的長槍、弓箭、石頭，沒有武器就拆下船上的木板，接連擲出。

大部分都掉進船與船之間的海中，濺起空虛的水花沉入海底。

飛越漂浮在水面上的殘骸射過來的武器，也大多被設置於船舷的盾牌彈開。

跟之前在雪山遇過的箭矢機關一樣，僅僅是拙劣的模仿。

然而，若女神官的視線範圍內只有這些，她應該能維持冷靜。

她在骯髒的綠皮膚（Green Skin）的縫隙間，確實看見了雪白的女性肌膚。

小鬼粗暴地把她抓起來，毫不留情將她從船上扔向黑暗的大海——

「啊…………！」

在她心想「糟糕」的瞬間。

骰子的點數，對冒險者和怪物都是平等的。

一隻小鬼擲出的石斧，基於奇蹟般的點數發出尖銳的呼嘯聲，在空中描繪出一道弧線。

劃出巨大拋物線飛過來的那把斧頭，將高度轉化成速度及力道，直線落下。

女神官立刻抬頭，看見了它。感覺到斧刃逐漸逼近眼前。

不能把時間浪費在尖叫這種無意義的行為上。她反射性扭動身軀，倒向地面──

「……哼。」

骯髒的手甲在空中一把將它抓住。

戴著廉價鐵盔的戰士哼了聲，下一秒便隨手將手中的石斧扔向敵陣。

旋轉的方向跟剛才那一斧相反，速度、力道卻截然不同。

「GOBBB!?!?」

騷動聲伴隨臨死前的慘叫傳出。

「先解決一隻。」

「謝謝……！」

女神官按著帽子站起來。臉頰有點燙。

剛才的失態令她羞愧不已，不過看到北方人戰士為他的行動瞪大眼睛，女神官誠心感到喜悅。

她悄悄挺起用鍊甲保護住的平坦胸部，乾脆地說道：

「去救那個人吧……！」

「俘虜是吧。」

或許是聽見了從浪間傳來的，有言語者微弱的喊叫聲。

哥布林殺手的回答很果斷。

「應該要衝過去。」

「嗯，通常都會這麼做。盡快接舷——」

首領（Gothi）還沒點頭，鐵盔就左右搖晃。

「老樣子。」哥布林殺手簡短下達指令。「『水步（Water Walk）』！」

「來囉！」

礦人道士立刻回應，緊接著，他的呼喚響徹狂風四起的大海。

「『跳舞吧跳舞吧水精（Nymph）和風精（Sylph），小心別在陸與海的境界摔跤了』！」

與此同時，哥布林殺手在船舷上一蹬，跳入海中，濺起水花。

海水跟冰河一樣寒冷。寒意會使肌肉僵硬，連呼吸都會受到阻礙，更遑論游泳。

不過，一瞬間差點沉下去的身體被精靈抬上水面時，他已經飛奔而出。

他踩著海水，於浪濤上跳躍。在飛來飛去的石塊底下埋頭奔跑，沒有躊躇。

手上拿著一盞呼吸戒指的燈火（Spark）。

「啊……」

對於遭到小鬼凌虐，被扔進海裡的少女來說，那道光該是多大的希望啊。

精疲力竭的山鼠少女擠出最後一絲力氣，抓住骯髒的皮甲。

哥布林殺手毫不猶豫將少女的身體抱在胸前。當然是為了背對小鬼。

「GOROOGGBB！」

「GBBB！GOROOGGBB!!」

小鬼立刻瞄準主動跳進海裡的蠢貨的背影——

「要打頭陣至少先講一聲吧……！」

同伴立刻上前支援。這就叫團隊（Party）合作。

妖精弓手在開口的瞬間躍向空中，從大弓射出的樹芽箭貫穿了天與海。

膽敢朝天空拉弓的小鬼，下巴到頭蓋骨直接被那支箭射穿，箭矢隨著弓弦發出的嗡鳴聲落地。

小鬼弓兵無聲墜入海中時，妖精弓手已經踩著那艘船的船桅一躍。

她身輕如燕地踏著步，不斷從赤柏松木大弓為小鬼降下死亡。

「玩得太開心，小心弓箭掉進海裡！」

「我才不會那麼笨！」

她得意地笑著回應礦人道士的挖苦，輕盈降落在原本的位置上。

上森人吁出一口氣，撥開垂落於額前的頭髮，若無其事地說：

「我可不想被哥布林嘲笑這把弓這麼弱。」

「拿森人(Elf)當標準的話，大部分的弓都是給小丫頭用的吧。」

礦人道士哼了聲，悶悶不樂地轉頭望向旁邊。

這個長耳丫頭一被誇就會得意忘形，就是這部分讓人看不順眼。

「我想問了也是白問，還是姑且問一下。長鱗片的。」

因此，他將視線從相識多年的鬥嘴對象身上移開，呼喚裹著羽毛外套的蜥蜴僧侶。

他臉上之所以帶著壞心的笑容，當然是因為知道對方會怎麼回答。

「需要『水步(Water Walk)』嗎？」

「貧僧早已決定，待城市回歸灰燼才會入海。」

蜥蜴僧侶緩慢起身，手上拿著北方人的大盾，高高舉起。

然後說著「失禮」，擠開站在船舷處的戰士，把尾巴垂向大海。

錯愕的戰士們不發一語，看著他想做什麼——

「抱歉，謝了。」

「小事，小事……！」

小鬼殺手抓住那根尾巴，像被釣起來似地回到船上。

懷裡的山鼠少女大概是耗盡力氣了，他將軟弱無力的身體放到甲板上。

「如何？」

「我來看看……！」

這句話問出口的時候，女神官已經跑到那位可憐少女身旁。

她在蜥蜴僧侶舉起的盾牌的保護下，迅速幫她檢查身體狀況，確認傷勢。

雖然不是嗜虐之神的巫女，女神官侍奉的可是慈悲為懷的地母神。

保護、治癒、拯救。

就算不使用神蹟，她也懂得該如何為他人治療。正因如此才能擔任神官。

傷口很淺。饑餓、寒冷、疲勞、衰弱、睡眠不足，通通足以危及性命。

「……沒事了……！」

——但絕不致命。

女神官馬上清洗少女的身體，用毛毯及外套裹住。

傷口也該治療沒錯，不過現在最重要的是，必須溫暖身體。

「嘿，要酒嗎？」

「先給她喝一點就好，免得她嗆到。」

女神官慎重卻迅速地回答礦人道士貼心的提議。

「酒可以幫助提神，可是光喝酒水分會不足……」

「這我明白。」

礦人道士接過形容枯槁的少女，讓她躺在船中央。

離海浪、狂風、箭雨最遠，守備萬全的安全場所。

哥布林殺手斜眼看著他將火酒餵進少女口中，低聲沉吟。

「你怎麼看？」

「推測還有其他俘虜。此外，雖說有呼吸的戒指，『水步』實屬珍貴。」

或許是因為距離拉近了，愈來愈多東西命中蜥蜴僧侶的盾牌。

他絲毫不把發出碰撞聲彈開的攻擊放在眼裡，張開長嘴露出利牙。

「貧僧認為盡速移動至敵方船上方為上策。」

「的確。」哥布林殺手點頭。「接舷，殺入敵陣。」

「——————……」

首領（Gothi）沒有驚訝，也沒有讚嘆，而是笑了出來。

真不簡單。

合作無間的行動，與身經百戰的北方人似是而非。

此時此刻，他們正在目睹冒險者的「冒險」。

看見這異樣——卻尊貴的一幕，戰士們心中湧現的情緒是……

——值得。

他們如此心想。

「遮裡果然也需要冒險者滴組織對唄，老婆？」

「別滾耍笑（開玩笑）。」

總是面色平靜的女主人（Husfreya）臉垮了下來，噘起嘴巴。

「偶們也不會輸。」

她在鬧脾氣——如果心愛的丈夫發現這件事，她不曉得會露出多惹人憐愛的表情。

即使身在戰場，女神官還是想像了一下那個情境，忍住笑意。

當然，女主人（Husfreya）的獨眼不可能沒發現這位新朋友在忍笑。

世界盡頭的姬騎士咕噥道「別笑偶」，做了個深呼吸。

既然冒險者們已經證明了實力，接下來就輪到他們。

嗜虐神的巫女吸入結凍的空氣，朝著波浪的另一邊吶喊。

「『有風就砍樹，有陽光就出海。少女就待在黑暗中，閃避白晝之眼吧』！」

來吧————襲擊與掠奪（viking）的時間到了。

§

「戰鬥陣型！」

「GOROGGB!?」

「GOG！GOBBG!!」

船與船用力撞在一起，引發衝擊，北方人扔出去的鉤子牢牢咬住敵方的船，不讓它逃離。

事到如今才開始著急的小鬼們企圖拆下鉤子，出差錯的小鬼被踹倒在地，可惜為時已晚。

「上!!」

「喔喔喔喔喔!!」

帶頭的首領（Gothi）號令一下，北方人便湧向敵人的船。

看見第一個犧牲的不幸同胞，小鬼拿起手中的武器不停揮動。

生鏽的劍、生鏽的槍，或者粗糙的棍棒。

那樣的武器卻被戰士們一把抓住，在大盾面前僅僅是徒勞的抵抗。

船隻因海浪而搖晃，戰士們組成的盾牆卻依然牢固。

無異於一座屹立不搖的盾城。

「推過去——!!」

「喔喔喔喔喔!!」

「GOROGGB!?」

城牆擋住小鬼的攻擊，往前移動一大段距離，盾牌直接撞向敵人。

被撞開的小鬼們一個不穩，驚慌失措，掉進海裡緩緩下沉。

有怕得往後縮的小鬼，有摔倒的小鬼，也有搞不清楚狀況，不停嚷嚷的小鬼。

無論如何——在這片海洋上，不可能逃得了。

哥布林們有的要戰鬥有的要逃跑，互相推擠，頂多只能讓船搖晃。

「桌頂拈柑(易如反掌)！」

首領(Gothi)咧嘴一笑，一刀砍飛小鬼的腦袋。

「進攻！」

「喔喔喔喔！！！！」

長槍嗡鳴，巨斧咆哮，利劍低吼，六尺棒發出巨響。

小鬼無謂的抵抗一下就被踩在腳底，骯髒的血液隨著淒厲的慘叫聲飛濺。

若有小鬼想拿人質當盾牌，就憑蠻力搶過來，以黑鐵劍刃做為替代，劈開他的腦袋。

發現他們囤積的少許財寶就整箱拿走，將抓著財寶不放的小鬼踹進冰海。

對他們求饒的叫聲置若罔聞。殺敵，搶走少女與財寶，高唱勝利的凱歌，才是他們的喜悅。

「——讚美神明（Gygax）！！！！」

「讚美神明（Gygax）!!讚美神明（Gygax）!!讚美神明（Gygax）!!」

「黑暗荒野之主（Arneson）啊還請明鑒!!」

「大神（Jackson）萬歲！願陷阱之王（Livingstone）榮光永存!!」

襲擊與掠奪（viking）！襲擊與掠奪（viking）！襲擊與掠奪（viking）！

若在平地、洞窟、迷宮遭到小鬼的偷襲，確實會措手不及。

但如果是在北方的大海、迴盪冰與火之歌的海洋，於成排的戰艦上作戰——

「偶們哪可能輸給區區小鬼（歐爾克）！！！！」

海灣之民（viking）正是海上的霸者。

「要打混戰的話，就沒我們出場的機會了呢。」

「是呀。」

妖精弓手和女神官聊著天，但她們也並沒有閒著。

雖說雙方正在交戰，人質會一個個送來，也有傷患。

保護、治療他們，就是被排除在外的冒險者的任務。

女主人(Husfreya)在船中央治療傷勢特別重的人，大顯身手。

拿酒和醋清洗盾牌擋不住，集中在右半身的刀傷，縫合傷口，用亞麻布纏緊。

使用女神官看不出跟刑具有什麼差別的器具尋找傷口，拔出箭頭或刀刃的碎片。

不時縫合血管，完美止血的技術，令女神官非常驚訝。

養育她長大的寺院，可是只有在這種時候會使用神蹟啊。

北方戰士當然也是人。

傷口自不用說，也有人為尋找傷口帶來的疼痛而尖叫、哀號——

「又不素紅嬰仔(小嬰兒)，別為這種小事哭哭啼啼！」

女主人(Husfreya)卻嚴厲地喝斥，鮮少使用芥子(罌粟種子)、菲沃斯種子(天仙子)等止痛藥。

「這些人已經沒事了……！」

「多謝！那抹遮幾位也麻煩了——」

「是……！」

——好厲害的人。

自己正在跟這麼厲害的人並肩作戰。

女神官非常驕傲，抱著繃帶於狹窄的船上四處奔波。

而擋在前方守護她們的——是蜥蜴僧侶魁梧的身軀。

「哎呀，貧僧派不上什麼用場吶……」

「那就好好保護她們……！」

他愧疚地說，妖精弓手從旁邊跑過去，單腳踩在船舷上射出箭矢。

拉緊的弓弦發出宛如豎琴的聲音，每當聲音響起，就有一顆小鬼的腦袋炸開。

即使目標會因海浪而搖晃，森人的弓箭不是靠眼力，也不是靠技術，而是憑藉魂魄擊發。

北方人戰士也是技術高超的射手，可惜終究遠遠不及上森人。

若法術大戰揭開序幕，戰場大概又會換一個模樣，不過——

「小鬼裡面似乎沒有施法者。」

待在旁邊的礦人道士，暫時判斷用不著自己出手。

既然是戰爭，就得聽從指揮官的命令，而那個人正在最前線作戰。

揮舞長劍，大聲吆喝，率領北方人的模樣——確實是首領（Gothi）。

身為異邦人還能得到這個地位，看來並不只是因為國王（Prince Consort）的安排。

望向旁邊，女主人（Husfreya）正帶著略顯得意的微笑，還真是恩愛。

——也罷，每個地方有屬於那裡的英雄。

無論何時無論何處，都非得要由自己表現一番，實乃傲慢。

連投身於世界危機中心的勇者，都不會旁若無人地在別人剿滅小鬼時插手。

此地有此地的故事，彼地有彼地的故事。

永無止境的故事，並非一則又一則的英雄傳奇，而是由人傳頌的敘事詩（saga）。

「你怎麼看？」

突然呼喚礦人道士的人，用不著說明，正是哥布林殺手。

救出俘虜後，他一邊計算「十、十一」，一邊投擲石塊減少小鬼的數量，觀察戰場。

在戰爭方面——冒險者能做的事有限。

他雖然有殺入敵陣的計畫，外人介入合作無間的團隊中，反而會招致危險。

「哦，問我是嗎？」

當然，這男人考慮的不會只有這個。

「哎，我的看法是，那傢伙應該就是他們的頭頭。」

與我方對峙的船隻殘骸上，有隻特別巨大的小鬼在發號施令。

跟哥布林殺手一樣不踏進戰場，卻不停嘶吼——

「GOOROOGGBB!!」

披著腐爛熊皮炫耀的——小鬼。

北方的小鬼普遍體積龐大，那隻小鬼又格外魁梧。

巨大（Hob）不足以形容，英雄（Champion）又太過抬舉他。

「竟然扮成熊皮戰士(Berserk)，豈有此理……！」

女主人(Husfreya)如此斷言。自己心愛的男人、人民，不可能輸給區區小鬼。

「沒錯。」

哥布林殺手點頭回答。

「不管怎樣，那東西只不過是哥布林。」

§

那東西在寂靜無聲、無人察覺的情況下展開侵略。

從遙遠的深海，僅僅靠著聲音及光線抓住獵物，盡情吞入腹中。

對他來說，那是跟在淺眠中聽見的鼓聲一樣單調、舒適的每一天。

不，用「每一天」形容可能有點不正確。

他從未意識到太陽及月亮的流轉。

連自己此刻身在何處都沒思考過。

對他而言，饑餓感和食物的所在，就是四方世界的一切。

他因進食而存在，他的存在只為進食。

無論此刻是何時，此地是何處，他知道頭上有聲音時就是那個時候。

所以，他伸出手。

身在連死亡都徹底死絕的泡沫睡眠中，唯有這件事可以確定。

因此——等到他發出聲音偷偷靠近，獵物發現自己正在被他拽入海中時……

全都為時已晚。

§

大海發出轟然巨響爆炸。

白色波浪如同一根柱子似地從海面升起，遭到波及的船隻如同木屑似地飛到空中，被吹向四方。

倘若船隻隨著在空中碎裂的碎片砸在海面上，人類和小鬼都一樣會被震飛吧。

蜂擁而至的巨浪導致船隻劇烈搖晃，身體伴隨一陣飄浮感摔在甲板上。

「什麼……!?」

不曉得這聲驚呼是出自哪位團隊(Party)成員口中。

有人反射性抓住船舷，有人趴到甲板上，蜥蜴僧侶則用尾巴及腳爪支撐身體。

連北方人戰士都驚訝得睜大眼睛，抬頭仰望，更遑論小鬼了。

不——水花底下什麼都沒有。

因為那是從黑暗的深海無差別來襲的暴虐。

要說唯一能感覺到的——那或許是一張嘴。

長滿無數牙齒，純粹為吞食而存在的，嘴。

那東西翻滾、扭動、蠢動著從深海跳出——只看得出這件事。

不幸地沒能墜落於水面的人，全都被那張嘴咬碎、吞沒。

暗紅色的血雨、內臟、斷肢，混在如暴風雨般降下的海水之中。

這讓人懷疑自己精神是否正常的畫面——有時會連語言都跟著遺忘。

隨著巨浪打轉的那一瞬間，海浪聲以外的聲音從戰場上消失殆盡。

「啊，那……那、是什麼……!?」

女神官趴在地上握緊錫杖，搖搖晃晃地站起來。

「是海蛇嗎!?可是跟之前看過的完全不一樣……！」

和過去看見的大海蛇(Sea Serpent)截然不同。

那也是隻駭人的怪物，不過——沒那麼恐怖。

「唔，不會是貧僧等人所知的父祖的同類……!!」

「從下面來的……！」

抓著蜥蜴僧侶的妖精弓手搖晃長耳，連要拉弓都忘記了，尖聲吶喊。

「又要來了……!!」

如她所言，海面再度轟一聲炸開。

被水柱吞沒的，是冒險者們搭乘的船——旁邊的那艘。

正在與小鬼交戰的戰士們，留下驚愕的表情沉入海中。

「啊，啊……!?」

女主人(Husfreya)發出的慘叫聲，不曉得是因為失去了同胞，還是因為船晃得差點翻覆。

或者是——害怕接下來遭到襲擊的，搞不好會是首領(Gothi)搭乘的船。

「怪物(孽物)！怪物(孽物)來哩!?」

「素幽鬼(Draugr)……！」

北方人忍不住大喊，驚慌失措。

無所畏懼的他們害怕的是海魔。不明的深淵之主。

他們當然不會因為這點小事就被小鬼壓制住，不過——

「GOROGGB！GOOOBBG!!」

搞不清楚狀況的小鬼，判斷敵人在害怕自己的力量。

不然就是覺得害怕那種東西的人很蠢，自己是不一樣的。

哥布林們氣勢大增，紛紛襲向尚未重整態勢的戰士。

「骰出蛇眼了嗎？」

礦人道士在劇烈的搖晃中大口喝酒，連一滴酒都沒滴出來，眉頭緊皺。

「因果輪迴。別讓船翻覆了……！」

狀況惡劣。

戰場音樂愈來愈激烈，戰士的咆哮及哀號參雜在一起，大海再度沸騰。

已經稱不上一場戰鬥。

戰況被不明的怪物擾亂，現在需要的並非士兵。

衝進這個混沌漩渦的正中央——無疑是一場冒險。

「好了……」哥布林殺手靜靜呢喃。「……這次是什麼？」

至少——不是哥布林的樣子。

那正是從神代流傳至今的暴食化身（The Greed）。

「GOOROGB!?」

「呣、喔啊、啊啊啊……!?」

發出慘叫聲，被海浪吞沒的人們掙扎著，無奈只是白費力氣，逐漸沉入海底。

凡人（Hume）、小鬼都不例外，眾生平等。

這個畫面正是所謂的地獄。

起初只有一根的水柱，又多了一、兩根。

從海底出現的，是驚悚的怪物群。

三軍混戰的戰場，化為混沌、混亂、殺戮的坩堝。

「——老公！」

因此，女主人（Husfreya）的語氣流露出一絲喜悅，也是無可厚非。

因為首領（Gothi）穿著染上暗紅色的黑鐵鎧甲，帶著戰友平安歸來。

「喔喔，老婆，偶回來了！」

他嚷嚷道，宛如在外面盡情玩樂過後回到家中的調皮小孩，語氣輕快。

看似沒將恣意擾亂戰場的海魔放在眼裡，然而並非如此。

戰爭挑起的情緒尚未冷卻下來的首領(Gothi)，接過女主人(Husfreya)遞給他的水壺大口灌下，問：

「那是什麼？」

「不知道。」

回答的是哥布林殺手。

他站在船舷處，瞪著戰士的怒吼、小鬼的慘叫、海浪的低吼聲此起彼落的戰場，補充道：

「不是哥布林。」

「還有，刀劍似乎管用！」

首領(Gothi)將水壺傳給部下們，命令他們自由取用。

啪。他扔在甲板上的，是被一刀兩斷的一根海魔觸手。

由此可見，從那把刀上滴下來的黏液，八成是這隻怪物的血。

在甲板彈跳的那隻怪物發揮駭人的生命力，仍在抽搐、蠕動。

忍不住尖叫的——不曉得是女主人(Husfreya)還是女神官。妖精弓手發出「嗚噁」的呻吟聲。

「不曉得能不能把他拖出來？」

首領（Gothi）的問題簡潔明瞭，哥布林殺手的回答亦然。

「然後呢。」

「殺掉。」

他講得很簡單，可是在腳邊蠕動的觸手，就足夠為他擔保這句話的可信度。

首領（Gothi）咧嘴一笑，拿劍代替手杖支撐身體，苦笑著聳肩。

「哎，至少應該可以跟他對峙。前提是小鬼沒來妨礙。」

「好。」

既然已經決定，哥布林殺手迅速下達判斷。因為有人教過他當機立斷的重要性。

「用那招。行嗎？」

「這麼大手筆。」

礦人（Dwarf）道士一副興味盎然的模樣，卻皺眉咕噥道「要用那招嗎」。那可以說是在濫用法術了。

「最好再拉近點距離……喂，長耳朵的。他的正上方在哪？」

「咦咦咦……要靠近那邊喔？」

不要啦。妖精弓手垮著一張臉，但這毫不影響她的美貌，或許是種族的關係。

她探出上半身，讓蜥蜴僧侶（Lizardman）扶著腰部，船的對面又升起一道水柱。

轟然巨響，肯定又有一艘小鬼或北方人的船被拽進海裡。

她也很清楚現在的戰況分秒必爭。

妖精弓手不停抖動長耳，用那寶石般的雙眸定睛凝視，看穿遙遠的深處，吐氣。

「那個披熊皮的傢伙附近，吧……他太大一隻，我沒辦法肯定。」

「既然如此，過去就是。」

不管怎樣，都得把哥布林殺了。

哥布林殺手乾脆地斷言，確認掛在腰間的北方人的劍的狀態，點頭。

是一把長度磨得半長不短的熟悉的劍，研磨得比平常更加銳利。

他轉動鐵盔，望向女神官。

「妳怎麼做。」

「我也要去……！」

「是嗎？」

她沒有猶豫，斬釘截鐵地回答，哥布林殺手回應了她。

那就決定了。全是為了討伐海魔。迅速地。

「神蹟和法術剩多少？」

「我只有用掉剛才那次。還有剩。」

「我、我也是！今天還一次都沒用過。」

女神官看了女主人（Husfreya）一眼，吁出一口氣。

「……用不著神蹟，也能做到那麼多呢。」

啊啊，我還有得學。

四方世界中，她所尊敬、崇拜的前輩是那麼地多。

自己能成為跟魔女、劍之聖女，或者這位北方的姬騎士一樣的女性嗎？

——想成為什麼樣的冒險者，得由自己決定。

能想起女騎士之前對自己說過的話，反而該慶幸吧。

「要用淨化（Purify）的神蹟嗎？」

「不行，那個很危險。」

她一口否決妖精弓手靈機一動想出的主意。從這部分來看，她還稚氣猶存就是了——

「儘管這天氣凍得貧僧著實難受，貧僧也一同前往。不過……」

默默守望女神官的蜥蜴僧侶，像對待貓似地將他扶著的妖精弓手放到地上。

「謝謝。」

「小事。」

他一面回應跟自己道謝的她，一面轉動眼珠子。

「貧僧認為該留下龍牙兵（Dragon Tooth Warrior）守護船隻。若有個萬一，也能藉此傳令。」

「別嚇到人啊。」

不曉得有沒有人發現這是在開玩笑，女神官倒是笑了出來。

「麻煩了。」

「明白，明白。那麼——」

虔誠的蜥蜴人（Lizardman）從懷裡拿出牙齒扔在地上，以奇怪的手勢合掌。

「『禽龍之祖角為爪，四足，二足，立地飛奔吧』！」

下一刻，承受祈禱的牙齒瞬間膨脹，自動組合成一名士兵的形狀。

龍牙兵一出現，北方人戰士便騷動起來，冒險者們互相點頭。

「先衝過去。」哥布林殺手望向大海。「對那傢伙用法術。」

「那『水步（Water Walk）』得省著點用。掉下去就完了，自己小心點。」

「看來最好先戴上水中呼吸的戒指。」

女神官用手指抵著嘴唇思考，腦中浮現不合時宜的感想——好冰。

「那位山鼠獸人掉進海裡也暫時沒事……前提是別被吃掉。」

「只能聽天由命了……」

妖精弓手死心地笑著，慢慢將箭矢架在弦上，聳了下肩膀。

「加油，你要是掉下去，我們可拉不起來。」

「唔，這對貧僧而言，是關鍵局面吶。輸給冰河會無顏面對父祖。」

蜥蜴僧侶鼓起幹勁，將矮小的礦人道士身體扛在肩上，準備就緒。

冒險者們俐落地召開作戰會議，決定行動順序，意氣風發準備挑戰怪物。

與北方人的勇氣有異曲同工之處，卻是可貴的冒險者的勇氣。

「聽說鍛冶神將勇氣封印在祈禱者心中……」

女主人（Husfreya）瞇起那隻獨眼，彷彿覺得眼前的景象很耀眼。

「需要對吧？」首領（Gothi）握緊劍。「冒險者。」

「嗯……」

嗜虐神的巫女點頭贊同心愛之人所說的話，將海風吸滿豐滿的胸膛。

失去財寶　血脈斷絕
你終將死去
但我知道
唯有死者親手掌握的功勳
永不消逝

脫口而出的是偉大諸神的話語。讚頌冒險者、戰士們的功績的祈禱。

聽見巫女的願望，天上的骰子發出擲骰聲。

聲音確實傳進了奔往大海的冒險者耳中。

骰子已經擲出。既然如此，之後會發生什麼事自不用說。

硬要說的話，僅此一句話。

「去吧，冒險者……！」

冒險揭開序幕。

§

「『慈悲為懷的地母神呀，請將神聖的光輝，賜予在黑暗中迷途的我等』!!」

「GOOROGBB!?」

「GOBBB!?GOBRGBB！？！？」

為戰鬥吹響號角的，是在暴風中綻放璀璨光芒的地面之星。

和其他人一起衝出去的女神官，高舉錫杖的燈火，灼燒醜陋小鬼的雙眼。

「礙事！」

妖精弓手的箭一支接一支襲向摀住臉的小鬼，開闢出一條道路。

「——跳!!」

在船上奔跑的冒險者，隨著哥布林殺手的號令跳躍。

用鉤子固定住的兩艘船之間，是濺起水花的斷崖。他們接連跳過去，向前。

「十二……！」

「GBBOGB!?」

哥布林殺手冷酷地踢飛位於著地點的小鬼腦袋。

小鬼的頸椎發出清脆的聲響斷裂，他接著舉起北方的鐵劍砍向右邊的小鬼。

「十三！」

「GOOB!?GBGR!?」

喉嚨被從旁切開的小鬼，發出笛子似的聲音噴著血倒地。

哥布林殺手看都不看那具屍體一眼，跑上前。敵人很多，目的地很遠。

被他拋在後頭的哥布林們，從神聖光輝帶來的衝擊中恢復，開始行動。

上森人(High Elf)。地母神的愛女。其他冒險者一樣讓人看不順眼。

他們各自拿著種類繁雜的武器，衝出去追向持續奔跑的冒險者——

「哼……！」

「GOROGBB！？！？」

強韌的尾巴一甩，輕而易舉就將他擊飛。

右邊、左邊。儘管不能使用爪子跟利牙，可畏的龍之末裔尾巴的一擊足以致命。

即使不是包頭龍（Euoplocephalus），他的尾巴可是肌肉的結晶、擁有生命的鞭子。

被砸爛的哥布林們將同胞牽連進去，摔到船外。

就算他們還活著，只要沉入灰色大海之下，不可能爬得上來。

「話說回來，你的外套還真黏……！」

「海風要怎麼吹，貧僧可管不著！」

由他扛在背上的礦人道士，抓著羽毛外套睥睨周遭。

要對那麼大的目標施術，不知道得多專注在呼喚精靈上。

畢竟海魔是海中的生物，和水與大氣與海之精靈應該更加親近。

「哎，看骰子的點數決定也不壞……！」

「——又要來了！下面！」

妖精弓手長耳一顫，大聲呼喊。

與此同時，由下方傳來的衝擊用力把他們腳下的船彈向空中。

「哇……!?」

女神官忍不住尖叫。

她差點摔在地上，眼前是——如同一面牆壁高高隆起，從頭頂罩下的海洋。

不——天地倒轉了。

等她發現是那隻海魔從旁邊跳出，船因此翻覆時，為時已晚。

女神官發現自己被拋到空中，反射性閉上眼——

——沒關係，掉進海裡……一樣能呼吸……！

她睜大眼睛，迅速將手伸向錫杖，尋找可以抓的東西，盡己所能。

落水也不會立刻死亡。一旦放棄，冒險就結束了。千萬不能允許這種事發生。

喔喔，願北風（Septentrion）帶來加護！

「沒事吧……！」

「沒事！」

哥布林殺手的手甲抓住女神官揮舞的錫杖，拉起少女的身體。

刺骨的冰水拍在她身上，但這裡可不是大海的正中央。

被海魔撞飛實屬幸運，一行人成功降落於翻覆的船腹上。

然而，在這麼近的距離目睹蠢蠢欲動的觸手吞沒其他船的模樣，就不知道算不算幸運了。

從船上摔落的小鬼和北方人戰士掙扎著，一個接一個被毫不留情地吃掉。

考慮到一不小心他們也會落得同樣的下場，骰子的點數目前還是站在冒險者這邊的。

「那個絕對不是水蛇群之類的東西……！雖然不知道是什麼，感覺很不得了……！」

妖精弓手跟貓一樣甩掉身上的水，口中迸出不符合上森人形象的咒罵。

沒錯，雖說他們平安無事，那也只是暫時的。

翻覆的船隻無異於隨海浪搖晃的樹葉，仍在繼續下沉。

連接兩艘船的鉤子自然鬆脫了，通往目的地的道路可以說遭到斷絕。

無論如何，這樣下去不久後只能乖乖沉入冰海——

「我有帶鉤繩……！」

女神官從無時無刻都記得要帶在身上的冒險者套件中拿出鉤繩。

出門時別忘記帶。她時常受到這些道具的幫助。

「好……！」

哥布林殺手接過她遞出的鉤繩，以精湛的技術扔出去，勾住其他船。

溺水的小鬼試圖尋求依靠，他一腳將其踢飛，冒險者們立刻從逐漸下沉的船跳到另一艘船上。

「GOORGGB!!」

「十四！」

他像在幫棺材釘釘子似的，一刀貫穿在甲板等待他們的小鬼的頭頂，結束他的生命。

利度令人心蕩神馳。北方人的劍輕易砍倒小鬼，掀起腥風血雨。

堆屍如山，不斷向前。冒險者們飛越大海，奔往下一艘船。

「對了，歐爾克博格，你這次沒怎麼扔東西耶。」

妖精弓手恣意地射出箭矢，忽然開口。

「捨不得嗎？」

「哈哈哈，嚙切丸也有這種時候。」

礦人道士大笑出聲，哥布林殺手沒有回答。

現在最重要的，是殺掉眼前的哥布林。

「十五……！」

「看見了！」

聽見蜥蜴僧侶的聲音，剛踢飛一具小鬼屍體的哥布林殺手抬頭望向前方。

掛在船桅上，已經看不出種族的女性屍體，隨狂風搖晃著。

醜陋的旗幟。

哥布林的頭目想必就在那下面大吼大叫，對手下頤指氣使，而不是帶頭衝鋒陷陣。

——的確很符合哥布林的本性。

「跳！」

哥布林殺手沒有產生除此之外的感想，踢擊船舷，躍向下一艘船。

現在最重要的——是殺掉眼前的哥布林。

§

——真是群蠢貨。

冒險者登上自己的船時，那隻哥布林最先產生的是對同胞的憤怒。

每個傢伙都只會隨心所欲地大鬧，不肯好好做事。

一開口就是大聲嚷嚷，只會要他做這做那。

卻連那麼愚蠢的凡人都擋不住。

沒錯，愚蠢的凡人。

率領他們的，疑似是那個很吵的男人，怎麼看都是個白痴。

地位最高的人竟然帶頭殺進來，他在想什麼？

自己是最聰明、最強、最偉大的，所以群體才會跟著強大。萬一自己死了，不就全完了嗎？

都是因為沒人明白這一點，他才得特地親自出馬。

哥布林頭目不耐煩地哼氣，手上握著一把閃亮的戰斧。

那是從穿著這件熊皮外套的屍體上拿來的，他確信這是符合頭目身分的武器。

連哥布林都知道，纏繞在斧刃旁邊的神祕光輝，是魔力的光。

因此，那隻哥布林相信自己不會死。

此時此刻，海面仍在持續炸裂，船身隨之晃動。

愚蠢的小鬼、凡人掉進海裡，接連被吞入腹中。

然而，他清楚知道自己不會被吃。

因為他是頭目，和那群蠢貨是截然不同的存在。

冷靜觀察狀況的自己，不可能跟他們一樣落海，此乃不言自明的道理。

沒錯——掌握狀況。

哥布林頭目像要炫耀手中的大斧般，劈開大氣。

光是聽見撕裂空氣的轟鳴聲，小鬼就會害怕，乖乖聽從指示。

俘虜們——無論是凡人還是獸人——也不由得哀號，滿足了頭目。

「————GORRGGBB……！」

所以，他對於那位裝備寒酸，跟自己相差甚遠的冒險者頭目(Leader)有些怨言。

先不說被粗糙鐵盔遮住的表情，那傢伙竟然毫不畏懼。

——算了。

反正他八成是覺得自己贏得了。只要殺掉那個頭目(Leader)，就全都結束了。
那個矮小的礦人(Dwarf)和背著他縮在角落的遲鈍蜥蜴人，都敵不過自己。
只要殺掉眼前這男人——上森人和那個瘦弱的小丫頭就是自己的了。
打斷手腳，折磨到玩膩為止，還活著的話收為部下也不是不行。
當然——那個可恨的獨眼女也包含在內。
如果把剩下那隻眼睛也挖出來，不知道她會發出什麼樣的叫聲？
小鬼頭目無視骯髒的冒險者，確信自己將在不久後的未來贏得勝利，臉上浮現笑容。
既然如此，該先盡快收拾這個男人。
「GOOROOOGGBB!!GOOROOGGBBB!!!」
哥布林頭目放聲咆哮，揮動手中的戰斧，彷彿要引起暴風。
要是直接命中，會將那人的腦袋連同廉價的鐵盔一同粉碎，命中四肢則會連鎧甲一起擊飛。
沒人看見這把戰斧還能維持平靜。瞧，那個冒險者連腰間的劍都沒拔出來。
「GOOOROOOGGBB!!!」
當然，這並不構成他手下留情的理由。
至今以來那些人殺了一堆小鬼，這是正當的報復。

小鬼懷著小鬼該有的想法，舉起斧頭踏上前，以發洩滿腔的怨氣——

「GOOROGGBBB!?」

下一刻，他的右手被超出想像的不祥刀刃一口咬斷。

§

「GOOROGGBBB!?」

新買的南洋式飛刀依然發揮符合期待的性能，砍斷小鬼的右臂。

拿著戰斧的斷肢於空中旋轉時，哥布林殺手已經在甲板上飛奔而出。

哥布林好像在大叫什麼——沒必要聽，也沒有意義。

北方人鍛造的鋼刃，寄宿在其中的神祕，確實可怕。

披著熊皮的人（Berserk）。無所畏懼的戰士。想必是帶有威脅性的一句話。

咬碎盾牌，撕裂上千人，連神明都能四分五裂的蠻勇戰士。威武至極。

不過——

——哥布林有什麼好怕？

無所畏懼的偉大蠻人（Barbarian）是很可怕沒錯，貪生怕死的小鬼何足為懼？

「GORROGGBB!?」

哥布林殺手的右手，從腰間拔出北方人的劍。

偏短，長度尷尬，卻打磨得十分銳利的鋼刃。他沒有半分不滿。給自己用太浪費了。

哥布林按著右手哀號，因疼痛而呻吟、哭喊，詛咒一切。

距離還差一、二、三。該瞄準喉嚨，但有點大。腹部便足矣。

──用不著煩惱，北海會幫忙善後。

「GOROOGGBB!?GBB!?」

跟插進雪裡一樣，連命中的手感都沒有，哥布林殺手刺出的劍，刺穿了小鬼的腹部。

他轉動劍柄，攪亂內臟，哥布林發出含糊不清的慘叫聲。

「這樣就，十六……！」

不曉得他是在因痛苦而扭動身體，還是想要尋求依靠，總之絕對不是抵抗。

小鬼抬起一隻手朝他揮動，哥布林殺手的左手伸向他的頭部，抓住那張熊皮。

──沒錯。

「太浪費了。」

他無情地踢飛哥布林。

刀刃拔出，骯髒的血液噴濺，小鬼輕易掉進冰冷的海洋。

連那與小鬼相襯的空虛落水聲，都會被海浪捲走吧。

與此同時，在空中轉了幾圈的戰斧發出沉悶的聲響刺在甲板上。

左手是腐爛的熊皮，還有戰斧。哥布林殺手吐出一口氣。

「不過……」

他把劍收進劍鞘，熊皮則塞進雜物袋，點了下頭。

「要扔的話，果然還是這把更適合。」

哥布林殺手滿意地自言自語，用綁在南洋式短劍上的繩子將它拉回來。

他毫不後悔新買了這把劍。

畢竟價格有差，至少跟他身上的其他裝備比起來。

「——那邊狀況如何？」

「還行吧!?」妖精弓手一面射箭一面怒吼。「前提是不被那東西吃掉！」

哥布林殺手將飛刀收進腰後的刀鞘，在因海浪而晃動的甲板上奔跑。

無知是罪過，有時也是一種幸福。

海魔——不曉得是一群還是一隻——游到了小鬼族長搭乘的船附近。

哥布林卻完全不在意，或許是因為他們終究是小鬼。

妖精弓手和女神官奮鬥著，避免讓嚷嚷著自己是下一個頭目的小鬼們接近。

「只要，用法術……剩下，大概……！」

雖說她的手臂纖細瘦弱，這種程度的激戰，她經歷過許多次。

揮動錫杖的動作還不太靈活，但僅僅是要趕走小鬼的話，太過足夠了。

在這兩個人的保護下，船舷處的蜥蜴僧侶跟背上的礦人道士探出身子。

「——好，逮到了！」

礦人道士用那隻短小卻粗壯的手在空中握拳，大聲歡呼。

抬起手臂的動作如同在施法，跟揮下釣竿一樣。

「踩穩啦，長鱗片的！」

「貧僧也不想落海。」

對於棲息在南洋的蜥蜴人而言，北海的氣候該有多嚴峻啊。

然而，生活於沼澤的他們，同時也是熟悉水性的生物。

銳利的腳爪牢牢抓住又溼又晃，歪向一邊，無情地試圖將人甩下去的船隻。

蜥蜴僧侶用那大樹般的身軀及尾巴維持平衡。

礦人道士使勁拉起目不可視的釣竿，感覺到成功抓住水裡的那東西的手感，咧嘴一笑。

接著，他扯嗓對精靈大喊，以將獵物拉出水面。

「『跳舞吧跳舞吧水精(Nymph)和風精(Sylph)，小心別在陸與海的境界摔跤了』！」

並非譬喻——大海爆炸了。

殘破不堪的船有如瓶裡的糖果，在浪濤間劇烈上下晃動，承受衝擊。

噴上來的海水遮蔽陽光，一口氣將一切事物推向黑暗。

霧氣般的水花將世界抹成一片白色——儘管如此，依然藏不住那東西的存在。

「OOCCTAAAAAAAAAALLUUUUUUUUUUSSS！！！！！！」

「什麼………」

「嗚……！」

令人失去理智的畫面。

看見從海水躍出，於水面舞動的那東西，任誰都會暫時陷入恐慌吧。

巨大的海蛇群。的確，這樣想並沒有錯。

如同一座高山聳立於面前，扭曲成非幾何形狀的觸手與肉，以及吞噬一切的牙齒的結合物。

彷彿把聚集在一起的那些東西拿來當成黏土，捏成頭足類形狀的——一隻怪物。

遙遠的往昔，恐怕從神代大戰時就棲息在海底的，深淵之主。

那正是從神代流傳至今的暴食化身（The Greed）。

「唔。」

面對令眾人語塞的威容，哥布林殺手低聲說道。

語氣中帶有更甚驚訝的確信，聽起來十分滿足。

「果然，那些人不可能輸給區區哥布林。」

§

「哈哈哈哈，還真是個大傢伙！是大名（Big Name）啊！」

一名英傑於狂風大作的海上狂奔。

從快要解體的船隻跳到另一艘船上，身穿黑鐵鍊甲，手拿鋼劍的男子。

來自南方，成為北方首領（Gothi）的騎士。

身旁只有一名不會說話，拿著盾牌的龍牙兵。

當然，身為暴食化身的海魔，連這麼小的獵物都不會放過。

被強制拉出海面，從睡夢中醒來的那些觸手，同時朝他襲來。

不過——若有人嘲笑劍僅僅是把鈍器，那人該為自己的無知感到羞愧。

「唔……!!」

一刀。

首領（Gothi）穩穩踩在船上，揮劍將群聚的黑影一網打盡，向前邁步。

於頭上揮舞的大劍擋掉了迎頭罩下的觸手，將其一刀兩斷。

由下往上彈開跟長槍一樣朝他突刺的觸手，以下劍刃從根部斜砍一刀。

有如紅蓮的旗幟。他左右揮動大劍，將觸手擋回去，逐漸朝前方逼近。

此乃百鍊成鋼的武技極致，除此以外再無其他。

「OOCCCTAAAAAAAAAALLUUUUUUUUUUSSS！！！！！！」

沒人知道海魔究竟有沒有痛覺，也無法確定有無智慧及理智。

少了幾根等同於無限的觸手，對他來說應該和掉了幾根頭髮差不多。

然而——儘管如此，海魔仍在咆哮。

分不清是哈欠聲，還是在對於他剛睡醒時聚集而來的蟲子怒吼，海魔確實在咆哮。

對著站在眼前的唯一一位凡人。

「今天就是你的——」首領(Gothi)像在唱歌似地咧嘴說道。「忌日……！」

鋼鐵與怪異發出巨響，劇烈衝突。

僅僅如此，數根蠕動著的觸手便以要將他壓成肉泥的速度襲向那名戰士。

首領(Gothi)一步都不退讓，反而衝向前迎擊。

揮劍的時候不能停止動作。助長下一波攻擊的正是那股氣勢。

防守時必須經常將劍尖對著敵人，維持楔形。打亂敵人攻擊的方向，上前。

右左，左右，上下！

靈活自在的劍刃，絕對沒有將全數的攻擊彈開。

龍牙兵代替首領(Gothi)承受一擊，連同盾牌輕易碎裂。

「漂亮！」

首領(Gothi)大喊一聲，繼續向前。

沒錯，他的劍確實傷到了海魔。

——那就沒問題，繼續砍就殺得掉。

腳下的船被擊碎的話，就跳到下一艘船上，用劍砍斷肉刺。

首領(Gothi)立於海上，一刀接著一刀。

每一刀都伴隨噴出的鮮血、飛濺的肉塊，再由巨浪洗淨一切。

從口中呼出的氣息染上白色，八成是首領(Gothi)體內滾燙的血液所致。

喔喔，於北方魔海展開的英傑與怪物的戰鬥，願諸神明鑒！

與百手巨人(Hekatoncheir)和大鐵騎(Battle Mech)齊名的混沌大棋(Warlord)。

單憑一名英傑(Unique Unit)迎敵的這個畫面。

描繪出這個畫面的——冒險者光輝燦爛的冒險。

四方世界不計其數的冒險，全是耀眼的繁星。

「……熊皮戰士(Berserk)算啥摸！」

女主人(Husfreya)絲毫不將洶湧的海浪放在眼裡，專注地看著心愛之人戰鬥，面帶笑容。

北方人戰士見狀——面面相覷。

他們在做什麼？只是在跟搞不清楚狀況的小鬼玩嗎？

看啊，冒險者遵守了約定不是？

在他們驚訝、困惑、手腳大亂的期間，輕而易舉釣起了那隻海魔。

再看看我們的首領(Gothi)的英姿。

在他們無計可施，只能旁觀的期間，他只憑一把鋼劍挑戰那隻海魔。

假如——假如，這場戰鬥結束後，看見倖存下來的他們，其他人會怎麼說？

看見他們一道刮痕都沒有的鐵盔、鎧甲、盾牌，看見他們一個缺口都沒有的劍，其他人會怎麼想？

啊啊，這種事——這種事誰受得了。

把釣出敵人的任務交給冒險者，首領(Gothi)戰鬥的期間只是站在旁邊看？

好歹是一名戰士，與其背負恥辱苟活，他們寧可一死。

「……讚美神明(Gygax)！」

「讚美神明(Gygax)!!」

戰士們高聲吶喊，好讓聲音傳達給八葉（註3）的第九柱，前往星辰彼方的偉大神明。

沒什麼，就算自己死了，也會由第二、第三個兄弟繼承。有什麼好怕的？

「GOROGGB!?」

「GOB!?OROGGBB！？！？」

這股志氣，只會耍小聰明的小鬼永遠不會懂。

不久前還心生恐懼、手足無措的戰士們吆喝著勇往直前，毫不顧慮身上的傷口。

事已至此，區區哥布林已經做不了什麼。

戰士們的咆哮、小鬼們的慘叫，於狂風大作的海上迴盪。

「海魔算啥摸。偶老公可素天不怕地不怕滴……」

因此，她展露微笑。因為最愛之人不可能輸給這種東西。

「獵蜂人(Beowulf)……！」

低吼著的觸手化為肉鞭，在空中留下銳利的聲響，打在首領(Gothi)的鎧甲上。

鍊甲的鐵環彈開，四處飛散，皮開肉綻，鮮血噴出。但那又如何？

註3　桌上遊戲《龍與地下城》中的組織，由八名魔法師組成。

以這一擊為代價，首領（Gothi）換得衝進海魔身前的機會。

「喔喔……！」

他輕易往兩側擋掉在他上前的同時刺出的肉槍，再度踏出一步。

斬擊的力道化為螺旋，首領（Gothi）沒有抵抗，從船首撲向海魔。

此乃雙手劍的奧義之一。象徵死亡的第十四型。

鋼刃砍飛海魔的觸手，噴出比海浪更高的噁心體液。

「OOCCTAAAAAAAAAALLUUUUUUUUSS

S！！！！！！」

「『將速度賜予船隻，將守護賜予盾牌，將血風賜予刀刃』！」

女主人（Husfreya）唱出祈禱的聲音，比海魔的尖叫更高亢。

從眼罩底下的獨眼溢出的光芒，化為閃電，竄過她手臂上的大樹。

光箭化為雷電迸發，擊中首領（Gothi）的心臟。

「————『向少女索求親吻』!!」

閃電低吼著包覆住他的身軀，舞動的光芒透過首領（Gothi）的頭盔彈向空中。

那是——在女神官眼中，像一對閃耀金光的威武巨角。

沒錯，從女神官夢想中的勇猛北方人的頭盔伸出來的，偉大大神的角。

纏繞在首領（Gothi）刀上的電光，讓刀刃膨脹到極限。

他笑著將那把雷電之劍舉到肩膀處，準備揮下它。
正因為有苦痛，才有活著的喜悅。
正因為有冷熱的溫差，才能鍛造出鋼鐵。
帶著閃電的鐵神，那是寄宿夫婦神祝福的真正神蹟。
此乃——唯有解明鋼鐵祕密之人方能駕馭的斬鐵劍。
「嘿，冒險者！！！！」
首領(Gothi)瞄準仇敵，大聲呼喚。
「——配合我！」

§

「哥布林殺手先生！」
比任何人都還要迅速地用錫杖點燃燈火(Spark)的，是女神官。
狂風呼嘯而過的大海。腐朽的船上。大海魔。小鬼群。戰鬥途中。通往北方的旅程。冒險。
剎那間。小鬼殺手的直覺(Inspiration)如同閃光般掠過腦海。
「——用順風(Tailwind)！」

© Noboru Kannatuki

「來囉！」

才剛釣起一隻大傢伙，礦人道士卻未顯疲態，毫不猶豫地回答。

他很清楚，這種時候，這男人絕對會想出什麼花招。

「『風的少女（Sylph）啊少女，請妳接個吻。為了我等船隻的幸運』……！」

北海的少女們載歌載舞，向朋友伸出援手。

空有船隻外形的朽木，被風吹得開始奔跑。

連妖精弓手都不小心踉蹌了一下——她瞄向女神官。

站在船首，珍貴的忘年之交，正拿著錫杖專心獻上祈禱。

——真的是，長大了啊。

沒發現的肯定只有當事人。凡人的時間過得很快。她既羨慕，又有點寂寞。

「啊啊，討厭……每次都這樣！」

妖精弓手刻意發出明亮的聲音，拍打蜥蜴僧侶的背。

「再撐一下，別掉下去啊……！」

「唔，那是當然。」

看見他用尾巴纏住腳，妖精弓手笑著於甲板上狂奔。

不管歐爾克博格想搞什麼鬼，攻擊那隻海魔準不會錯。

只要上森人的弓箭多命中一支，即可確實減少那傢伙的集中力（Hit Point）。

然而——歐爾克博格拿出裝著黏稠液體的瓶子時，她還是「呃」了一聲。

「我有沒有跟你說過，不要模仿上古礦人（Higher Dwarf）？」

「跟那是不同的戰術。」哥布林殺手滿不在乎地說。「準備好。」

「哈哈哈……」

——之後絕對要踹飛你。

光想像就覺得愉快，妖精弓手踩在船舷上，拉緊大弓，射出箭矢。

「OOCCTAAAAAAAAAAALLUUUUUUUUUUUSSS！！！！！！」

哥布林殺手的手中亮起火焰。

他用力將在瓶子裡燃燒的黑色液體，從甲板的大洞扔進去。

正是美狄亞之油、石油、伊拉尼斯坦之火。

「也就是，可燃之水。」

轟。火焰伴隨巨響噴起。

烈火瞬間吞噬船隻，將一切染上暗紅色，用火光照亮——

「『慈悲為懷的地母神呀，請以您的御手，潔淨這塊土地』！」

在那之中，少女的祈禱怎麼可能傳不到天上。

損耗靈魂的純粹祈禱傳達到天上，慈悲為懷的地母神聽見少女的願望。

那位神明想到即將發生的事，肯定露出了淡淡的苦笑。但她允許了。

目不可視的手指優雅地撫過被小鬼玷汙的甲板，將其清潔乾淨。

熊熊烈火中，充滿甲板的無疑是神聖的空氣。

不過——火焰會吸入空氣，要是沒有呼吸戒指，可能連站都站不住。

火焰將船的速度、吹進火焰的風、所有的一切吞沒，火勢遽增。

「要放這麼大的火，果然需要這個戒指。」

小鬼殺手重新確認這個事實，握住北方戰士留下的戰斧，用腰帶夾住。

對掉在腳邊的小鬼手臂嗤之以鼻，將其踢進海裡。

然後頭也不回。該做的事只有一件。

「**解除法術**！」哥布林殺手大喊。「跳！」

「長鱗片的，交給你了！」

「明白……！」

「哇……!?」

「我等等真的要踹你一腳！」

小鬼殺手扛著女神官，蜥蜴僧侶背著礦人道士，妖精弓手愉快地躍向空中。

就這樣，冒險者們為自己的冒險做了個了結。

§

那隻小鬼感謝著自身的幸運，獨自竊笑。
全身布滿刀傷，腹部被刺中，手臂和身體各處都血跡斑斑，痛得要命。
即使如此，那隻小鬼仍然沒死。雖然只是勉強留著一口氣。
他掛在翻覆的船隻的外壁上。拜其所賜，撿回一條命。
那些愚蠢的冒險者真的很笨，放過了自己。總有一天要回敬他們。
自己什麼都沒有做，就遇到這種事。沒道理不能讓他們面臨同樣的下場。
小鬼艱辛地靠著一隻手臂，好不容易爬上甲板。
——頭在暈。
「GOROGB……？」
等他發現時，周圍已經燒了起來。
照理說應該要熱得難以忍受，不知為何卻沒有那麼熱。
然而——是非常令人不悅、不適的空氣。他都快吐了。
小鬼詛咒著一切，卻滿足於自身的境遇。
不知為何，船好像在迅速前進。這樣就能得救。自己活下來了。

所以他要回來，遲早會把那群冒險者殺掉，絕對————

「GORRGGB！？！？」

小鬼抬起臉，最後看見的是大嘴內側的那片虛無黑暗。

§

雷龍的咆哮聲響徹地面。

電光刀刃分毫不差地命中海魔，熊熊燃燒的船化為大槍刺穿他。

「OOCCTAAAAAAAAAAALLUUUUUUUUUSSS！？！？！？」

海魔慘叫著扭動身體。

纏繞雷電的斬鐵一擊、火焰船——威力都相當驚人……卻依然不夠。

僅僅如此，絕對無法造成致命一擊（Critical Hit）。

對海魔造成最大衝擊的，是至今從未感受過的偉大神氣（Flare）。

賦予地母神祝福的**神聖之船**的重量，壓在海魔身上。

接著————「水步（Water Walk）」的法術解除。

大海魔和船濺起巨大的水花，下沉——墜落。逐漸墜落。

一直是靠著水精之力抬起的重量、質量，一口氣推開海水。
散落於戰場上的殘骸、存活下來的小鬼、北方人們都遭受波及，被海水吞沒。
巨浪襲來。
「踜徛予在（腳站穩）！！！！」
可是，這對海灣之民（Viking）來說乃家常便飯。
比小鬼、海魔更好對付，等同於每天都在鬥嘴的朋友。
號令一下，他們便不慌不忙拿起船槳划動，乘上波浪。
一名北方人，與一流的戰士、一流的水手同義。
「GORGGB!?」
「GORBBGG！？！？」
而小鬼們當然絕非如此。
對船隻、海洋一竅不通的哥布林，連抵抗的機會都沒有。
被大海吞沒。被大海吞沒。小鬼絕對無法活著離開這片海洋。
四方世界的大自然，一向平等對待萬物。
給予能夠適應的人恩惠，給予無法適應的人滅亡。
毫無疑問——北海親手為一切劃下句點。

§

「真是，太亂來了。」

首領（Gothi）在撥雲見日的天空下，露出無奈的笑容。

冒險者們跟海魔與雷電劍擦身而過，從火焰船上跳了過來。

他們降落於甲板上，面對逐漸恢復平靜的海洋，毫髮無傷。

「是嗎？」

哥布林殺手的鐵盔滴著海水，微微歪頭回答。

「這傢伙一直以來都是這樣。」

妖精弓手使勁踹飛他。

上森人指著跌了一大跤的小鬼殺手大笑，女神官連忙跑過來。

「是、是我想到的……！」

妖精弓手聞言，摀住臉仰望天空。

地母神八成移開了目光，所以她的願望肯定傳達不到。

看著這三人，蜥蜴僧侶愉悅地轉動眼珠子，礦人道士嘆著氣抓住腰間的酒壺。

「那個大傢伙死了嗎？我很懷疑……」

「不好說。」蜥蜴僧侶語氣嚴肅。「若真死了，貧僧也不認為那是最後一隻。」

「說啥鬼話。」

聽見友人的玩笑話，在這場大戰中最有貢獻的術師，津津有味地大口喝起酒來。

「……回去又要再舉辦宴會(Drekka)了。」

首領(Gothi)眼前是拿劍指向天空，為勝利而歡呼的北方人們。

重獲自由的俘虜們哭著擁抱彼此，跟北方人抱在一起，大聲喧譁。

首領(Gothi)愉快地聽著眾人的歡呼聲，靠在劍上笑道：

「總之，我有回應妳的期待嗎？夫人……」

受到呼喚的女主人(Husfreya)輕笑出聲。

「老公，你滴語氣。」

「噢。」

經她這麼一說，首領(Gothi)尷尬地搔著臉頰。看來自己還不夠成熟。

「那個……老婆，多謝妳一直以來滴照顧。」

首領(Gothi)靦腆一笑，女主人(Husfreya)輕輕將臉湊近。

雙唇擦過鐵盔底下，毫無防備的嘴唇。

「我愛你，我的陛下。」

「────────」

「啊呀？」

「再一次！老婆，拜託！」

「偶不要！」

女主人（Husfreya）臉上浮現淘氣的微笑，靈活地從首領（Gothi）手下逃走。

她珍惜地撫摸於腰間搖晃的黑鐵鑰匙，看起來十分幸福。

「等等幫我還他。」

坐在甲板的哥布林殺手看著兩人，緩緩起身。

然後將兩把武器遞給附近的北方人——那名臉上帶傷的戰士。傷口增加了。

是他一直掛在腰間的北方人的劍，以及魔法戰斧。

「不留著咩？」

「是把好武器。」他又補上一句。「給我用太浪費。」

唔。臉上帶傷的戰士輕聲嘆息，說著「知影咧（知道了）」，恭敬地接過武器。

海灣之民之間有這麼一句話——即使只是一把小刀，給人東西就要收下代價。

這是個戰爭頻發的地區，因此也有許多用來避免爭執的約定跟方法。

他們——已經收到了太多東西。

年輕的戀人、夫婦幸福的笑容，在這塊北方地區該有多麼珍貴啊。

「總之，素一場精采滴戰鬥。」

「喵？」

「偶在縮報酬。」

臉上帶傷的戰士慎重地重新捧好劍和斧頭。

「你們冒險者不素偷仔，素傭兵唄？」

「不。」

哥布林殺手搖頭，速度快到足以稱之為反射動作。

因此，他必須沉默幾秒，以思考要如何回答。

「……不。」他再度說道。「冒險者，是冒險之人。」

冒險者，是冒著危險之人。

為財富、名譽、功勳或人民前往曠野，挑戰迷宮，屠殺巨龍之人。

理應如此——他曾經希望是那樣。如今，他想成為那樣的人。

「我是專殺小鬼之人（Goblin Slayer）。」

沒有比受到哥布林妨礙更火大的事。

然而，也沒有比妨礙哥布林更痛快的事。

「報酬是……今後有冒險者來到這裡時，把他們當成冒險者對待。」

「遮樣就好？」

「不。」

遠遠看著這邊的女神官以為自己聽錯，微微睜大眼睛。

如果不是。如果不是她聽錯。她說不定是第一次聽見。

但她完全沒有之前那種不自在的感受。

因為，不是嗎？

他——發出如同生鏽鉸鏈在摩擦的聲音——笑了出來。

「這樣最好。」

哥布林殺手又加上一句話，彷彿這件事極為重要。

「還有，幫我做一把刀鞘。」

第7章「蜜月」
Honeymoon

春天到來的徵兆，是讓人想打哈欠的暖意。
牧牛妹毫不掩飾脫口而出的哈欠聲，悠閒地坐在柵欄上，晃動雙腿。
天空萬里無雲，陽光也很溫暖，微風清爽宜人。
「嗯……」
她並不是在摸魚。
今天必須做的工作大多做完了。
不過，她沒心情面對最好在今天做完，或是需要花好幾天處理的工作。
——沒關係吧。
她覺得有這樣的日子也無妨。
雖說工作結束後空出了多餘的時間，沒必要連那段時間都拿來工作。
該做的事做完了，就算她在這邊休息，也沒人有資格抱怨。
「……嘿咻……」

牧牛妹宛如一個爬樹的孩子，將體重壓在柵欄上，上半身倒向後方。

視野倒轉，眼前是上下顛倒的世界。上方是綠色的草地，腳下是一片藍天。

小時候她都是穿裙子，所以會被人罵不雅觀——

——啊，不對。現在也不太雅觀吧？

想到舅舅看到八成會念她一頓，這也挺愉快的。

雖然舅舅至今仍然禁止她在冬天出遠門，被人斥責的經驗，已經很久沒有過了。

不過——並不會因為這樣，她就想被罵。

——等被看到的時候再說囉。

牧牛妹像個玩昏頭的孩子，將亂七八糟的想法拋到腦後。

現在就愜意地享受這束陽光、這陣風——也就是春天的氣息吧。

「……啊。」

顛倒的視野中，忽然冒出形似破布的盔纓。

從綠色天空晃動著垂下來的——是那頂熟悉的廉價鐵盔。

行李比平常多，這也沒辦法，畢竟這次是出遠門。

他似乎把外套收進去了，或許是因為回到南方，覺得天氣太熱。

以他的個性，肯定把外套摺得整整齊齊，收在背包底下。

要說她在意的部分——就是有把華麗的劍在他的腰間搖晃。

「你這次沒帶動物回來耶——」

牧牛妹笑著跟頭下腳上的他搭話。

「唔。」

他小聲咕噥道，停下腳步，仔細觀察她。

「……在做什麼？」

「嗯——？……這個嘛……」

牧牛妹甩動雙腿，靠著反作用力撐起上半身。

視野再度旋轉，這次看見的畫面是跟剛才相反的柵欄內側。

落在地上的腳像在踩舞步一樣，牧牛妹轉了個身，回過頭。

眼前是一如既往的骯髒鐵盔。她為此感到非常開心。

「在等你。」

「……是嗎？」

「嗯，是的。」

牧牛妹笑咪咪地說，他重複了一遍「是嗎」，鐵盔上下搖晃。

「你回來了？」

「嗯……我回來了。」

§

牧牛妹覺得走在離牧場主屋絕對不遠的道路上，聽他分享冒險的經歷很愉快。

不過由於每句話都太過簡潔，她非得逐一詢問才行。

——因為，不主動問的話。

爬過了一座山。殺了小鬼。在北國參觀。出現莫名其妙的怪物。殺了小鬼。

可能會這麼幾句話就結束嘛。牧牛妹心想。

話雖如此，就算他鉅細靡遺地解釋冒險途中發生的事，牧牛妹一樣聽不太懂。

她不知道礦人（Dwarf）的地下都市長什麼樣子。

北方人的住宅、生活、冰海、船隻，也只想像得出一個大概。

長了好幾隻腳的怪物——她只看過蟲。

「是蜈蚣那種感覺嗎？」

「我認為不是。」

他搖搖頭，思考了一會兒，補充道：

「好像叫惡魔之魚。詳情我不清楚，也沒看過。」

「哦……」

凡事都是如此。

但他一定會回答問題，牧牛妹喜歡聽他結結巴巴地跟自己說明。

她聽得一頭霧水，不過看他搭配自己動作，解釋自己如何推動木棒……

——應該很開心吧。

她這麼認為，這比什麼都還要令人高興。

「太好了？」

「嗯。」他點頭。「雖然我推不動。」

「很大不是嗎？推不動也沒辦法。」

牧牛妹邊說邊推開主屋的門。

不知為何，還有些冬天的氣息藏在家裡，空氣中帶了點涼意。

舅舅不在家，大概是還在工作。

和他一起悄悄回到主屋，會使牧牛妹心跳加速。原因不明。

牧牛妹穿過食堂走向廚房，說「我幫你泡茶」。

做什麼都得先點火才行。既然要點火，她想順便燒個開水。

「帶了土產。」

因此，他看著牧牛妹開始弄東弄西後才開口。

她在等水燒開的期間回到座位，他放下行李，鄭重其事地說。

「什麼東西？」

「先是這個。」

他放到桌上的，是那把掛在腰間的華麗長劍。

連牧牛妹這個外行人都覺得那是把好劍。

劍柄細心地用皮革纏住，劍鍔擦得閃閃發光。劍刃肯定也一樣。

沒有華美的裝飾，卻一眼就看得出那是把非常好的劍。

因為，真的是這樣。

劍也很漂亮，但這把刀鞘實在太美了。

鍍上黑鐵和銅的金屬部分打磨得發出耀眼的光芒，毛皮也仔細上過油，光澤亮麗。

不管裡面寄宿著什麼樣的心意，唯有其價值，她能明白感受到。

「哇。」牧牛妹眨眨眼。「我剛剛就在好奇。這把劍是？」

「撿到的。刀鞘是，請人幫忙做的。」

他回答得很簡單，可是對牧牛妹來說，如此便足矣。

是他委託人家幫他做的。他有了新的邂逅。

「太好了。」

他沉默片刻，委婉地說：

「我想裝飾起來。」
牧牛妹雙手交疊於桌上，將臉頰靠在其上看著他。
鐵盔的面罩底下是什麼樣的表情，她瞭若指掌。
「我覺得裝飾在倉庫就好。」
所以，她也知道聽見這句話的他陷入沉默，凝視著自己。
「……是嗎？」
「那裡最適合。」
「嗯。」
他輕輕點頭，拿起那把劍，看起來真的很高興。
他從各個角度端詳它，從刀鞘拔出一小截刀刃，點點頭。
牧牛妹覺得，這個反應跟很久以前，有人在祭典上買木劍給他的時候一樣。
因此，她靜靜從椅子上起身，以免妨礙到他。
重新點燃早上的餘火，等待從水桶倒過來的熱水燒好，然後泡茶。
只要不奢求泡出四方世界最美味的茶，這樣就夠了。
「還有一個。」
她拿著兩個杯子回到餐桌時，他喃喃說道。
他搜著行李，拿出小心翼翼地包住的酒壺放到桌上。

大概是看見了牧牛妹頭上冒出的問號，他輕描淡寫說出那壺酒的名字。

「是蜂蜜酒（Mead）。」

「哇……！」

她不禁做出跟看見那把長劍時截然不同的反應，也是無可厚非。

蜂蜜做的酒。她當然知道，也喝過。

不過，在北方釀的酒應該別有一番風味吧。

牧牛妹好奇地往酒壺探出上半身。

「這也是人家送的？」

「對。」他點頭。「不知道為什麼，對方問了家的情況。」

「家？」

「我回答我單身，跟妳和舅舅住一起。他們聽了，就叫我帶這個回來。」

「哦……量滿多的。是叫你跟別人一起喝嗎？」

即使有蓋蓋子，酒壺仍然散發出甘甜的香氣。

光是拿起來搖晃，就聽見清澈的水聲，令人心生期待。

「那吃晚餐的時候要不要喝喝看？」

「好。」他同意。「雖然我不清楚酒的喝法。」

「我也不知道。」

© Noboru Kannatuki

牧牛妹笑出聲來。

「欸，北方人會戴有角的頭盔嗎？」

她帶著那抹笑容，用雙手的食指在頭上繞圈。

「你以前戴過的那種。」

「會。」哥布林殺手點頭。「我親眼看見了。」

兩人在溫暖茶水冒著熱氣的期間，聊了許多各式各樣的話題。

在通往北方的旅程中，舅舅送的外套比想像中還實用。

第一次看見的北方地區，跟以前他們倆一起聽過的敘事詩不一樣，卻又一模一樣。

北方人戰士勇猛、強大、全是豪傑。

北方的寒冷、北方的溫暖，讓人目瞪口呆的文化、遊戲、料理、歌曲。

洶湧大海的氣勢、不明的怪物、被抓走的少女們。

向海魔宣戰的北方英傑，以及深愛著他的世界盡頭的姬騎士。

兩人恩愛的模樣。

那位英雄揮舞的巨劍，從他的頭盔長出來的，威風凜凜的大神之角。

他們拯救的少女有幾個人回到故鄉，幾個人決定留下來跟北方人結婚。

公會似乎打算幫侍奉地母神的神官少女升級。

明。

除此之外還有許多，他利用笨拙的敘述方式，以及貧乏的詞彙量，努力向她說明。

她邊聽邊應聲，時而提問，時而催促他繼續說，誠心感到愉快。

那是令人雀躍的數則故事——

結論是，冒險就該如此。

第8章 「一塊麵包與小刀、油燈」

Goblin Slayer

He does not let anyone roll the dice.

或許是數年後的事，也有可能是緊接著發生的事。

「哇噗……！」

一名少女在雪地上摔了個倒栽蔥，發出模糊的叫聲。

被積在山脊的雪絆倒的她，伴隨委屈的呻吟聲爬起來。

她不知道自己絆到的是人稱雪檐的部分。

不知道運氣不好的話──骰子骰出來的點數不好的話──自己會直接滾落山麓。

不知道一旦摔下去，硬如鋼鐵的冰和銳利的岩石會割破肌膚，把她的肉削得跟肉末一樣。

然而──並未發生這種事。

少女僅僅是詛咒自己的笨手笨腳和惡劣的雪，癟起嘴站起來。

她甩甩頭，頭巾底下那頭茂密的黑髮於空中飄揚，沾到上面的雪紛紛落下。

這副模樣如同一隻等不及春天到來就跑出洞穴的兔子，事實上也差不了多少。

——叫我不要往壑走是真的。

出發前，前輩們給了她這樣的忠告。就算迷路也別往壑走，要沿山脊往上爬。

其實她並不知道原因。

她至今依然在想「可是往下走不就能到達村莊了嗎」。

再說，少女原本連壑是什麼都不知道。

她隱約覺得，大概是有河川流經的地方。

實際上，壑指的就是山谷，她之前不小心迷路跑下去過，吃了很大的苦頭。

那裡既寒冷，太陽又照不到，還只看得見下方，又有積雪，走路會滑……嗯。

——下次迷路就沿著山脊爬吧。

嗯。少女打起幹勁，肚子在同時發出無力的咕嚕聲。

她將手放在甚至可以說是沒有肉的平坦腹部上，咬緊癟成「へ」字形的嘴脣。

在途中經過的兔人村莊收到的大麵包，早就吃光了。

說到兔人村莊……

——裝飾在那個房間的怪物牙齒，好壯觀喔……

總有一天，自己也會和那樣的怪物戰鬥嗎？能和那樣的怪物戰鬥嗎？

想像起來有點可怕，也有點興奮。

「……啊，對了……！」

少女裝模作樣地試圖用凍僵的手指打響指，儘管沒發出聲音，仍然很滿足。

水袋裡應該還有摻水的葡萄酒。

少女搖搖晃晃放下行囊，從整理得還不是很熟練的行李中拿出水袋。

然後大口喝著，毫不在意殘量，把酒倒進空空如也的肚子。

她吁出一口氣，慢吞吞地收好行李，背起背包，緩緩起身。

在不知道自己只是靠著骰子的點數度過生死關頭的情況下，往山下走去。

——從來沒來過這種地方。

骯髒狹窄的房子。兩眼無神的父親。居民全部冷血無情的村莊。縮在角落的自己。

過去的自己無法想像的場所——世界的盡頭……不。

——這裡不是盡頭。

少女看見走下山路的前方有座風格獨特的城市，及海洋。

海上的小——卻讓人覺得很大——船在往更北方航行。

這裡並非北方的盡頭。還有位於更北方的世界。遙遠的前方。

「……呼，呼……！」

不知為何，光這個事實就令她發自內心感到喜悅。

每當她在雪地上奔跑，背上的背包都會發出啪噠啪噠的聲音。臉頰發燙，眼前是一片耀眼的白色。

往旁邊一看，空無一物。

少女僅僅是連滾帶爬地跑下這座雪山罷了。

腰間的劍重得讓人看了心驚膽顫，在雪地上多刻下一道足跡以外的線條。

這副德行能看嗎？

她已經快要忘得一乾二淨的村民看到，八成會指著她大笑。

但這與她無關，她盡可能抬頭挺胸，勇敢向前邁步。

因為懷抱在少女胸前的，只有這份心情、激情，以及黑色縞瑪瑙（Black Onyx）的護符。

想促使背負著始原（Propator）大渦的她採取行動，這樣就夠了。

自以為是的人可能會高談闊論，不過——除此之外究竟還需要什麼？

「啊……！」

看見白色雪景另一端的黑點，黑髮少女驚呼出聲。

刺眼的雪光令她眨了好幾下眼，終於看清那是人——住在城市的人。

穿著高級羊毛衣，腰部用腰帶束緊，帶著粗糙斧頭的魁梧男子。

留著茂密鬍鬚的臉與礦人（Dwarf）類似，體格卻截然不同。

——沒戴有角的頭盔耶。

她略感遺憾，然後深吸一口氣，大概還是有點害怕。

聲音細若蚊鳴，這可是她試圖提高音量，竭盡全力擠出的聲音。

「那個，不好意思……」

不出所料——北方人男子注意到她了。

當然不是因為聲音，搞不好是拜影子所賜。對少女來說都無所謂。

「喔喔，沒見過滴小姑娘哩！」

他的聲音及笑容和體型一樣大。

「打哪來滴!?」

「從，那邊……來的……」

少女揮動如同一根小樹枝的纖細手臂，指向自己剛爬下來的山峰。

拚命於山路上前進，攀著懸崖，越過高山，總算抵達這裡。

這個人會不會生氣？

會不會罵我？

萬一他攻擊我怎麼辦？

背包裡裝了些什麼？

短短幾句話就忽然開始不安的少女，扭扭捏捏地杵在原地。

男子像在打量她似地緊盯著少女，過沒多久點了下頭。

「喔，妳素冒險者？」

「……！是的！」

少女展露太陽般的微笑，用力點頭，黑髮隨之舞動。

「我是冒險者！」

小小的胸膛懷著滿滿的驕傲，她精力十足地朝四方世界踏出一步。

後記

大家好！我是蝸牛くも。

哥布林殺手第十四集，大家還喜歡嗎？

這次北海出現了哥布林，是哥布林殺手剿滅哥布林的故事。

以那位蠻王柯南為首，一直以來有許多英雄傳奇以那個地方為舞臺展開。

如果各位能以本作為契機，對那些作品產生興趣就太好了。

之前我在後記提過一部，有位只有弓箭很高竿的英雄的作品。

那部作品也花了好幾年順利完結了，我深深感受到，ＴＲＰＧ真是好東西。

聲稱自己只是出於興趣才玩起英雄遊戲的少年，為城市四處奔波。

一個人的力量有限，因此他藉助許多人的幫助，依靠同伴，不久後親自以英雄的身分挺身而出。

四方世界裡面也有許多冒險者、英雄，撰寫各自的故事。

哥布林殺手是故事的主角，但他並非世界的中心。

勇者妹妹一行人和黑手們（Runner），或者北方的首領和女主人（Gothi Husfreya）、邊境的冒險者。

他們在做什麼、如何行動，也是重要的故事的一部分。

若各位願意拿起同為故事一角的鍔鳴的太刀（Dai Katana）閱讀，我會非常感激。

不過下集讓大家等那麼久，我深感抱歉。

能成為那種冒險者的哥殺ＴＰＲＧ的補充包，決定發售了。

能看見那種冒險者的哥殺動畫二期，也決定製作了。

怎麼會這樣。嚇我一跳。

自己的著作被畫成漫畫、做成動畫、出成ＴＲＰＧ，出了劇場版，還出了補充包和二期動畫。

挺不得了的。不是隨便就能有的經驗。

全是多虧這麼多人的支持，真的非常感謝。

一直支持這部作品的讀者們、責編、編輯部的各位，以及其他相關人士。

這次也畫了美麗插圖的神奈月老師、繪製漫畫版的各位漫畫家。

陪我一起玩的朋友們、創作相關的朋友們。

統整網站的管理員大人、在網路上幫我打氣的各位。

今後也請多多關照。

十五集草原會出現哥布林，預計是哥布林殺手剿滅哥布林的故事。

我會全力投注在補充包、動畫、外傳跟新作上，希望大家看得開心。

GOBLIN SLAYER 哥布林殺手14
（原名：ゴブリンスレイヤー14）

著　　者／蝸牛くも
封面插畫／神奈月昇
譯　　者／Runoka
總 經 理／陳君平
美術總監／沙雲佩
國際版權／黃令歡、梁名儀
榮譽發行人／黃鎮隆
美術編輯／陳又荻
文字校對／施亞蒨
協　　理／洪琇菁
執行編輯／曾鈺淳
內文排版／謝青秀
總 編 輯／呂尚燁
企劃宣傳／洪國瑋

出　　版／城邦文化事業股份有限公司 尖端出版
台北市中山區民生東路二段一四一號十樓
電話：（〇二）二五〇〇—七六〇〇
傳真：（〇二）二五〇〇—二六八三
E-mail: 7novels@mail2.spp.com.tw

發　　行／英屬蓋曼群島商家庭傳媒股份有限公司城邦分公司 尖端出版
台北市中山區民生東路二段一四一號十樓
電話：（〇二）二五〇〇—七六〇〇（代表號）
傳真：（〇二）二五〇〇—一九七九

中彰投以北經銷／楨彥有限公司（含宜花東）
電話：（〇二）八九一九—三三六九
傳真：（〇二）八九一四—五五二四

雲嘉以南／智豐圖書有限公司
（嘉義公司）電話：（〇五）二三三—三八五二
傳真：（〇五）二三三—三八六三
（高雄公司）電話：（〇七）三七三—〇〇七九
傳真：（〇七）三七三—〇〇八七

香港經銷／一代匯集
香港九龍旺角塘尾道六十四號龍駒企業大廈十樓 B&D 室
電話：（八五二）二七八三—八一〇二
傳真：（八五二）二七八二—一五二九

新馬經銷／城邦（馬新）出版集團 Cite（M）Sdn. Bhd.
E-mail: cite@cite.com.my

法律顧問／王子文律師　元禾法律事務所
台北市羅斯福路三段三十七號十五樓

二〇二二年十一月一版一刷

版權所有・翻印必究
■本書若有破損、缺頁請寄回當地出版社更換■

GOBLIN SLAYER 14
Copyright © 2021 Kumo Kagyu
Illustrations copyright © 2021 Noboru Kannatuki
Original Japanese edition published in 2020 by SB Creative Corp.
Chinese translation rights in complex characters arranged with SB Creative Corp., Tokyo
through Japan UNI Agency, Inc., Tokyo

■中文版■

郵購注意事項：
1.填妥劃撥單資料：帳號：50003021戶名：英屬蓋曼群島商家庭傳媒(股)公司城邦分公司。2.通信欄內註明訂購書名與冊數。3.劃撥金額低於500元，請加附掛號郵資50元。如劃撥日起 10～14日，仍未收到書時，請洽劃撥組。劃撥專線TEL：(03)312-4212 ・ FAX：(03)322-4621。E-mail：marketing@spp.com.tw

國家圖書館出版品預行編目資料

GOBLIN SLAYER! 哥布林殺手 / 蝸牛くも作 ; Runoka 譯 . -- 1 版 . -- 臺北市 : 城邦文化事業股份有限公司尖端出版 : 英屬蓋曼群島商家庭傳媒股份有限公司城邦分公司發行 , 2022.11-

冊 ;　公分

冊 ;　公分

譯自 : ゴブリンスレイヤー

ISBN 978-626-338-570-2 (第 14 冊 : 平裝)

861.57　　111015285

哥布林殺手

GOBLIN SLAYER!

He does not let anyone roll the dice.

哥布林殺手

GOBLIN SLAYER!

He does not let anyone roll the dice.